DESÁTAME
VOLUMEN 1
CHRISTINA ROSS

La serie *Desátame* es una extensión de la serie bestseller #1 *Aniquílame* que ha vendido más de 3,5 millones de libros en el mundo y ha sido traducida a seis idiomas. Aunque la serie *Desátame* está compuesta de tres libros y es totalmente independiente, el lector la disfrutará mucho más si lee primero la serie *Aniquílame*. Lisa y Tank, después de todo, comienzan su relación en esos libros.

La serie *Aniquílame* se centra en la relación de Jennifer y Alex.

LIBROS DE CHRISTINA ROSS

Jennifer y Alex:

Aniquílame: Volumen 1
Aniquílame: Volumen 2
Aniquílame: Volumen 3
Aniquílame: Volumen 4
Aniquílame: Volumen 5 (Navidad)

Lisa y Tank:

Desátame: Volumen 1
Desátame: Volumen 2
Desátame: Volumen 3

Jennifer y Alex:

CHRISTINA ROSS

Aniquílalo: Volumen 1
Aniquílalo: Volumen 2
Aniquílalo: Volumen 3
Aniquílalo: Navidad

A mis queridos amigos.
Y mi familia.
Y especialmente a mis lectores.
Gracias por comenzar un nuevo viaje conmigo y la historia de Lisa y Tank.
Desátame se desarrollará en tres volúmenes.

Nota del traductor

EL ESPAÑOL UTILIZADO en esta traducción es eminentemente peninsular. Sin embargo, se ha tenido en cuenta la diversidad de usos del español entre los posibles lectores de la novela y se han buscado giros lingüísticos y vocablos tan neutros como ha sido posible. Siguiendo este criterio, se ha querido evitar usos que, aun siendo gramaticalmente correctos, puedan estar estigmatizados en Latinoamérica. Por otra parte, se han seguido las directrices y recomendaciones recogidas en la gramática de la Real Academia de la Lengua (RAE) con respecto a la no acentuación de pronombres demostrativos y otros vocablos que, tradicionalmente, solían acentuarse.

En la obra se incluyen algunos de los préstamos lingüísticos que se han incorporado al uso coloquial de la lengua, algunos pueden no aparecer en la última edición del diccionario de la RAE.

MÓNICA GUZMÁN, TRADUCTORA.

DESÁTAME
VOLUMEN 1

CAPÍTULO UNO

New York
Enero

—HOY ES UN DÍA GRANDIOSO, —le dije a mi mejor amiga, Jennifer Kent, que estaba sentaba en el borde de mi cama, mientras yo echaba un vistazo a la ropa en el clóset.

—Grandioso, grandioso.

—Más que grandioso.

—Hasta diría que hoy es la definición misma de un día grandioso.

—¿Sabes qué pasaría si buscara la definición de "grandioso" en el diccionario ahora mismo? Encontraría una preciosa foto mía a color, al lado de una hoja de calendario con la fecha de hoy.

—Así es de grandioso hoy.

—De hecho, es tan grandioso, que claro, no puedo encontrar nada que ponerme. Vamos. Necesito tu ayuda.

—¿Desde cuándo? Si tú eres la experta en moda.

—Cuya cabeza está bloqueada por la ansiedad. Tú sabes exactamente qué ponerte para una reunión de alto nivel en Wenn, yo no. Escribo sobre zombis, por Dios. Si mis zombis aparecen vestidos, es con harapos.

—Y escribes sobre ellos con bastante éxito, tendría que agregar.

Me volteé a mirar a Jennifer, y pensé que se veía más linda que nunca. Su largo pelo oscuro, alisado y peinado de medio lado caía por su espalda. A excepción de los labios, que estaban pintados de rojo intenso, llevaba muy poco maquillaje. Esta mañana, había elegido un elegante traje negro para su trabajo en Wenn Enterprises, donde era asesora del director ejecutivo de Wenn, Alexander Wenn, quien, daba la casualidad, era su prometido.

—Es irónico, ¿cierto? —dije—. ¿Quién iba a creer que escribir sobre los muertos vivientes agregaría algo de espesor a mi billetera? ¡Qué Dios bendiga a los Estados Unidos!

—Lisa Ward, escritora de tres best sellers auto publicados, se vuelve tradicional.

—Es como ridículo ¿no? Pasar de *indie* a publicar con una editorial de tradición en menos de un año. Todavía no lo puedo creer. ¡Joder! aún no puedo creer que estoy por recibir un anticipo de cinco millones de dólares.

Jennifer se encogió de hombros. —No me sorprende. Has escrito desde que éramos niñas. El año pasado trabajaste como una mula y tuviste éxito sin ayuda de nadie. Cada uno de tus libros llegó a la lista de best sellers y ahora otros quieren ser parte de tu éxito. Te has convertido en lo que soñabas. Eso es lo que pasa.

—Todavía no me lo puedo creer.

—Eso se lo dejo a Tank.

—Tank, —dije—. Mi adorable novio, ahora oficialmente, desde hace dos semanas.

—¿Por qué no te vistes de rojo? —dijo Jennifer—. A Tank le encanta verte de rojo y con toda la razón. El rojo va bien con tu color de piel y tu pelo rubio. ¿Qué te dijo que te pusieras hoy?

—No me dijo nada.

—Eso es porque aún no le has dicho lo que va a suceder hoy.

—Eso no es cierto.

—¿Él sabe que vas a firmar un contrato por cinco millones de dólares con Wenn Publishing?

—Sabe que voy a firmar un contrato.

—¿Pero no sabe por qué cantidad?

—¿Por qué habría de saberlo?

—Porque es un acontecimiento importante en la vida. Es un motivo para celebrar y compartir con tu novio.

—¿Quién dice eso? Tank y yo nunca hemos hablado de dinero. No tengo idea de cuánto gana. Él no tiene idea de cuánto gano. Últimamente, lo único que quiere saber es si me gusta esto o aquello. Si me gustó su lengua por aquí o por allá. O si me presionó muy fuerte en mi...

—Entendí.

—Bueno, es cierto.

—¿Crees que le dirás la cantidad?

—¿Por qué importa tanto?

—¡Oh, no sé! —Abrió los ojos— ¡Porque es algo importante!

—No lo había pensado, realmente.

—¡Oh, por favor!

—Bueno, tal vez deba hacerlo.

—Entonces, ¿qué te lo impide?

—Es mucho dinero. No sé cómo va a reaccionar.

—Debería estar orgulloso de ti. Y el Tank que yo conozco *estará* orgulloso de ti. —Inclinó su cabeza hacia mí—. Déjame hacerte una pregunta. ¿Cómo te sentirías si Tank se ganara esa cantidad de dinero?

—Me alegraría por él. Tú sabes que lo estaría.

—¿Y no crees que él se alegraría por ti?

—Claro que sí.

—Entonces, ¿cuál es el problema?

No necesitaba buscar una respuesta porque ya había pensado bastante en esto.

—Un gran éxito, especialmente un gran éxito repentino, puede afectar a las personas de manera negativa, Jennifer. Para algunas, es como si te convirtieras en otra persona.

—Para algunas personas, sí. Pero no creo que Tank sea ese tipo de persona.

—No sólo son los cinco millones, —dije—. Es más complicado que eso. Es también lo que va a suceder *después* de que firme el contrato por esos cinco millones. Es un contrato por tres libros. Conoces los detalles. Les estoy vendiendo mi último libro. Van a cancelar su publicación en Amazon, Nook y otros distribuidores digitales y luego van a correr a comercializarlo bajo su propio sello editorial en tres meses. Esta semana, la maquinaria de relaciones públicas de Wenn se pondrá en marcha y comenzará a crear revuelo por el libro y por mí. Me harán entrevistas. Una de las muchas sesiones de fotos será hoy. ¿Y en medio de todo esto? Todavía necesito entregar mi nuevo libro, que no he comenzado siquiera, en seis meses. Me pondrán por todas partes, ya escuchaste a Blackwell. —Vas a ser una estrella, —me dijo—. Sólo espera y verás. Bernie y yo nos encargaremos de tu estilo y, por supuesto, va a ser divino—. ¿Divino? No estoy tan segura de eso. Tank no es otra cosa que un hombre tranquilo y reservado. ¿Crees que va a querer a una "estrella" como novia? Creo que esto va a poner a prueba nuestra relación. Me preocupa. Recién en las vacaciones pasadas nos dijimos que nos amábamos. En este momento todo es maravilloso entre nosotros, pero la relación es aún muy reciente y frágil.

—Está bien. Entiendo.

—El dinero puede cambiar las cosas. El éxito y la fama pueden cambiar las cosas.

—No quería alterarte.

—Sé que no lo harías. Soy sólo yo y mis propias inseguridades. Estoy bajo mucho estrés en este momento y estoy haciendo todo lo posible para superarlo. No quiero que se sienta opacado, pero de alguna forma, un poco superficial, estoy a punto de hacerlo. Tú sabes lo que puede hacer Wenn. Así sea solamente para recuperar su inversión, van a poner mi rostro y mis libros al frente de cuanta gente sea posible.

Su rostro se suavizó. —No tenía ni idea de que estabas luchando con esto. ¿Por qué no me lo comentaste antes? Te hubiera podido ayudar.

—No lo sé.

—Al menos déjame darte alguna perspectiva.

—Bueno.

—Tank es el jefe de seguridad de Alex. Alex es uno de los hombres más conocidos en Manhattan, y a la vez, es también el mejor amigo de Tank. De hecho, va ser el padrino de Alex en nuestra boda. Considera esto por un momento. Tank está acostumbrado a estar rodeado de dinero. Está acostumbrado a estar rodeado de poder. Sabe bien qué es la fama. Su mejor amigo tiene ambas cosas.

—¿Pero querrá compartir su cama con ellas? —pregunté.

Esto la tomó por sorpresa.

—Es diferente, —le dije.

—Supongo que ya averiguaremos si lo es. —Se levantó de la cama, me besó en la frente y me abrazó—. Suficiente de esto por ahora. Hoy es tu día. Lamento haber traido esto a colación.

—En realidad estaba esperando para hablarlo contigo.

—Entonces me alegro de que lo hayamos hecho. Bueno. Prepárate para el encuentro con Blackwell. Mientras mirabas dentro de tu clóset, vi unos cuantos trajes que podrían satisfacerla.

—Nada la dejará satisfecha. Estamos hablando de Blackwell.

Suspiré. —Tal vez tienes razón, pero lo haremos lo mejor posible. ¿Quién sabe? Puede que podamos hablar con ella sobre Tank. Puede que tenga alguna idea y te aconseje sobre tu situación.

CAPÍTULO DOS

—En primer lugar, nunca he estado en una situación así, —dijo Blackwell—. Aunque tengo que admitir que me divierte. Tantas suposiciones. Tantas incógnitas. Y una lectura totalmente equivocada de Tank de parte de ustedes dos. Es realmente increíble lo que pueden inventar cuando pasan unos cuantos minutos juntas.

Llevábamos en Wenn los últimos quince minutos. Con Jennifer a mi lado, le comenté a Blackwell todas las inseguridades que tenía sobre cómo mi nueva vida podría afectar mi relación con Tank.

Cuando llegamos, Blackwell estaba sentada en su escritorio, con una taza de café negro en una mano y con la otra ojeando el último número de Vogue. Ahora, la revista estaba cerrada. Ella estaba reclinada en su silla y se veía desconcertada.

—Bueno, —me dijo—. Déjame hacerte unas preguntas.

—De acuerdo.

—¿Por qué crees que Tank tendría problemas con que ganes cinco millones de dólares?

Le dije a ella lo mismo que a Jennifer. —El dinero puede cambiar las cosas, —le dije—. Usted sabe que lo hace. Y me dijo que Wenn quiere convertirme en un tipo de persona famosa.

—Te vamos a convertir en una estrella.

—Luego, la fama también cambia las cosas. Yo no quiero que nada cambie entre nosotros dos.

—¿Eres boba?

—¿Soy qué?

—Boba.

—No creo que...

—Déjame despejar cualquier duda que tengas al respecto, ya que eres boba.

—¿Por qué dice eso?

—Porque no conoces a tu propio novio. — Se inclinó hacia adelante y un mechón de su pelo, cortado estilo bob, cayó sobre su rostro. Se lo pasó sobre la oreja con el meñique extendido. Bárbara Blackwell tenía poco más de cincuenta años, una criatura de la alta costura, recién divorciada con dos hijas en la universidad, y considerada una de las personas más poderosas e influyentes en Wenn dada su cercanía con el director ejecutivo, Alexander Wenn—. Ya que estás tan preocupada por el dinero, déjame preguntarte algo. ¿Cuánto crees que Tank gana al año?

—No tengo idea.

—Adivina.

—Si lo hago, estaría haciendo suposiciones a ciegas.

—Pues intenta, maldita sea.

—No tengo idea cuánto puede ganar el jefe de seguridad de una corporación como Wenn. Especialmente después de lo que les pasó a Alex y Jennifer. Les salvó la vida.

Entrecerró los ojos. —¿Y cuánto crees que vale eso?

—No sé. Soy una chica de Maine. ¡Allá los salarios son tan bajos! Es patético. Es por eso que Jennifer y yo nos mudamos aquí el pasado mayo. Ya conoce la historia.

—¿Qué tal si sólo respondes las preguntas?

Me encogí de hombros. —¿Trescientos mil? ¿Tal vez un poco más con las bonificaciones?

—Tu novio es un ex infante de marina. Ex SEAL. Uno de los mejores en lo suyo. ¿Quieres volver a intentarlo?

Aparentemente no era lo suficientemente alto. Bueno. ¡Yo qué sé! —¿Cuatrocientos mil? ¿Quinientos?

Se pasó la mano por la cara, miró a Jennifer y se acomodó en su asiento. —No voy a decir cuál es el verdadero ingreso de Tank, eso es asunto suyo, pero estás tan perdida que esto lo explica todo.

—¿Qué explica esto?

—Que lo ves como un trabajador asalariado.

—No lo veo como un trabajador asalariado.

—Claro que sí. Y no te culpo. Otros probablemente también lo ven así. Eso se llama 'percepción'. No tienes la culpa, Lisa. A los hombres y mujeres en la fuerza pública en esta ciudad se les considera trabajadores, como a los bomberos, cuando en realidad son muy profesionales. Sin embargo, la percepción es que son 'trabajadores'. Si Tank no formara parte de Wenn, su salario sería posiblemente tan ridículamente bajo como el de ellos. Pero ese no es el caso. Dicho esto, tenías razón sobre una cosa, Wenn ofrece bonificaciones por buen desempeño. Y déjame decirte que la que Tank recibió a finales de diciembre hace que se vea como poca cosa lo que vas a recibir por tu libro. De hecho, hace que se vea minúsculo.

—¿Minúsculo?

—Sí mi querida, minúsculo.

—Pero Tank...

—¿No se comporta como un rico? ¿No se da aires? ¿No tiene un coche llamativo o un apartamento lujoso? Es cierto, no es así. Tank se siente más a gusto en sus Levis y camisas de leñador que con el traje de oficina que se pone en Wenn. Pero te puedo decir una cosa. Por los años que ha trabajado con nosotros, y especialmente después de haberles salvado la vida a Alex y Jennifer, Tank es una de las personas más adineradas que conoces.

No sabía eso, ni me importaba. Yo quería a Tank sin importar cuánto tenía. —No me importa su dinero, —dije.

—Yo sé que no. Y eso es lo hermoso. Tú quieres a Tank porque es Tank, así como Jennifer quiere a Alex porque es Alex. Y viceversa. Entonces, por favor, cálmate. Tu novio no va a salirse de sus casillas solo porque estás a punto de convertirte en una millonaria de bajo nivel.

—¿Qué pasa con la otra parte?

—¿Tu futura notoriedad?

—Sí.

Y aquí fue cuando ella dudo. —Sobre eso no sé, —dijo—. Reconozco que Tank es una persona reservada. También reconozco que, aunque esté acostumbrado a la fama de Alex, no está acostumbrado a ir a casa con él todas las noches. Entonces, no sé. Puede o no ser un problema para él.

—Entonces tengo que hablar con él.

—Lisa, firmas el contrato en dos horas. Después tenemos las sesiones de fotografía que pueden durar horas. Y estoy perdida si te vas a dejar ese desastre de traje para la firma del primer contrato, ya he escogido lo que usarás para la sesión de fotos. Es un Prada, fantástico. Y Bernie está aquí esperándote. En este momento, no hay tiempo para Tank.

—Lo siento, pero siempre hay tiempo para Tank. —Saqué mi celular del bolso—. Sé que está aquí. Sólo necesito quince minutos a solas con él. Después les avisaré si se sigue adelante con este contrato hoy o no.

—¿Me avisarás si qué?

—Ya me oyó.

—Estoy segura de que no escuché eso.

Me puse de pie, marqué su número y miré fijamente a Blackwell. —De hecho, lo oyó. Si él reacciona negativamente, no habrá contrato. Él significa mucho más para mí que un ridículo contrato de publicación, independientemente de lo que valga.

—No seas tonta, —dijo ella.

Pero para entonces, yo ya había salido.

CAPÍTULO TRES

Cuando entré a ese delirante ajetreo que era el piso cincuenta y uno de Wenn, lo hice sin Jennifer. Ella me conocía tan bien como yo a mí misma, entonces, prudentemente, se quedó con Blackwell, consciente de que necesitaba un momento a solas con mi novio. Presentí que Blackwell podría estar diciéndole que viniera por mí, pero Jennifer sabía muy bien que no debía, y por eso la quería.

Tank contestó en el segundo timbre. —Lisa, —dijo.

—Estoy en Wenn, —dije—. Tengo sólo unos pocos minutos, pero necesito verte ahora mismo. Por favor, dime que no estás demasiado ocupado. ¿Te puedo ver?

—Nunca estoy demasiado ocupado para ti. ¿Dónde estás?

—En el piso cincuenta y uno.

—Toma el ascensor para el piso cuarenta. Nos encontramos ahí.

—Dame dos minutos.

Colgué el teléfono y corrí entre ríos de gente que venían en mi dirección para el ascensor. Oprimí el botón de descenso y salté al ascensor apenas se abrieron las puertas.

Presioné el botón para el piso cuarenta y tamborileé con el pie mientras la puerta se cerraba y el ascensor descendía a toda prisa. Y luego, con la misma rapidez, el ascensor se detuvo. Cuando las puertas se abrieron, mi hombre, Mitch McCollister, más conocido como Tank, estaba parado un poco más allá de ellas, son sus dos metros y ciento veinte kilos. Me abalancé a sus brazos.

—¿Qué ocurre? —me dijo al oído mientras me acariciaba la espalda.

—Necesito hablar contigo. ¿Hay algún lugar dónde podamos hablar en privado?

—Por supuesto. Aquí mismo hay un salón de conferencias. ¿Por qué estás tan alterada? ¿Te ha pasado algo?

—No, no realmente, —dije mientras él me conducía al salón—. Bueno, tal vez sí. No lo sé. Depende de ti. Si tú no estás satisfecho, si tú no te sientes cómodo con algo de esto, estoy dispuesta a renunciar a todo.

—¿Renunciar a qué?

—Al contrato. Todo eso.

—¿Por qué habrías de hacerlo? Has trabajado por años para llegar a este momento. ¿Cuál es el problema? —Acercó una silla y se sentó—. Siéntate en mis piernas.

Lo hice y lo envolví en mis brazos. Llevaba puesto un suntuoso traje negro, una camisa blanca almidonada y una corbata dorada que hacía resaltar sus ojos verdes castaño. Acaricié su pelo castaño hacia atrás de la frente y lo besé con fuerza en los labios. De manera inesperada, me devolvió el beso con la misma fuerza y luego me apretó tan fuerte que pude sentir el principio de su erección contra mis nalgas.

Y esto era todo lo que necesitaba. En ese momento, me sentí flotando entre las nubes, lo quería ahora mismo, lo quería más que a nada, pero como sabía que íbamos a estar juntos más tarde en la noche, necesitaba concentrarme, aunque quisiera sus brazos alrededor de mí y aunque anhelara sentir su longitud palpitando contra mi cuerpo.

Sólo necesito terminar con esto, pensé. *Baja de las nubes, chica. Estarás con él más tarde.*

Tomé aliento. —Sé que lo que hay entre los dos es reciente, —dije—. Y no quiero ponerlo en peligro.

—No es tan reciente realmente, —respondió—. Hemos estado saliendo desde hace tres meses y medio ya. Es cierto, hace sólo dos semanas que lo hicimos oficial. Pero, tú sabes, de todas formas, hemos sido pareja, aunque nos haya tomado un tiempo aceptarlo y admitir lo que sentimos el uno por el otro.

—Tank, hoy va a suceder algo que va a cambiar mi vida. Y posiblemente cambiará nuestra vida juntos, si creo en lo que dice Blackwell.

—Vas a firmar tu contrato del libro con Wenn Publishing hoy, —dijo—. Yo lo sé. Ya hablamos de eso.

—Hablamos sobre parte de eso.

Él frunció el ceño. —¿De qué no hemos hablado?

—De todo lo que eso implica.

—¿Cómo qué?

—El adelanto que me están dando es grande. Wenn necesita recuperar su dinero. Para hacer dinero, tienes que gastar dinero. Wenn tiene los malditos medios para lanzarme a mí y a mis libros al mercado, y esto pondrá una gran atención sobre mí. Y los dos sabemos lo que esto significa.

—Por supuesto. Estás a punto de volverte famosa. Lo sé.

—¿Y eso no te molesta?

—¿Por qué habría de hacerlo? Sólo me molestaría si te molestara a ti. Estoy orgulloso de ti, Lisa. Yo sé que este es tu sueño. Tal vez no lo que tiene que ver con la fama, pero sí la parte de publicar con una gran editorial. Yo quiero lo que te haga feliz.

—Su agenda es tan apretada, —dije—. Me preocupa cuánto tiempo vamos a tener para estar juntos. No sólo tengo que entregarme a la máquina publicitaria de Wenn, sino que tengo que terminar mi próximo libro en seis meses y ni siquiera he comenzado. Va a ser agotador. Y luego va a comenzar todo de nuevo.

—Vas a tener que comer en algún momento, ¿no es cierto?

—Sí.

—¿Y dormir?

—Se supone.

—Entonces haremos eso juntos.

Le sonreí.

—No creo que esto vaya a ser tan grave como crees. Será intenso durante unos buenos seis meses y luego las cosas se estabilizarán. Después de que termine el contrato, podrás volver a publicar independientemente, si quieres. O tal vez puedes tratar de quedarte con Wenn, pero trabajar en un horario más razonable. Yo veo esto como algo temporal, pero mi amor por ti no lo es.

Levantó mi mentón con su dedo y se me derritió el corazón. —No te preocupes por mí —dijo—. No te preocupes por sacar tiempo para nosotros, lo encontraremos, ¿de acuerdo? Tal vez puedas pasar la noche en mi apartamento con más frecuencia. O tal vez yo pueda quedarme en el tuyo más a menudo. Algunos días, podremos escaparnos para almorzar o cenar. El resto del tiempo, ambos estaremos trabajando. En la reunión de esta mañana me enteré de que estaré viajando mucho con Alex durante los próximos meses, así que estaré lejos por un buen tiempo lo que te permitirá concentrarte en tu trabajo y no preocuparte por nosotros. Por lo tanto, hay formas de manejar la situación y mantener una relación saludable, Lisa.

—¿Te vas de viaje con Alex? ¿Cuándo?

—Esta semana.

—¿Por cuánto tiempo te vas?

—Wenn está tratando de conseguir un contrato en Singapur. Estaré allá durante por lo menos un par de semanas. Acabo de enterarme esta mañana.

—¿Singapur? ¿Durante dos semanas?

—Tal vez más. Los gajes del oficio. Por lo tanto, la presión por mantener nuestra relación no es sólo cosa tuya, sino de los dos. Ambos tenemos que hacer nuestro trabajo, pero también tenemos que asegurarnos de que el tiempo que pasamos juntos sea significativo.

—¿Qué voy a hacer sin ti durante dos semanas?

—Concentrarte en tu trabajo. Contactarme por Skype cuando puedas. No es lo ideal, pero Alex cree que puede concretar el negocio en ese tiempo. Después, todo volverá a la normalidad.

Odiaba la idea de estar sin él, pero tenía razón. Así era su trabajo. Yo tenía mi propio trabajo. Lo extrañaría, pero también lo apoyaría. Así que tomé su mano entre las mías y dije: —Podemos manejarlo por un par de semanas.

—Yo sé que podemos hacerlo a pesar de lo mucho que te voy a extrañar. Déjame preguntarte algo, ¿puedes escribir tu próximo libro en seis meses?

—Sí. Soy una escritora rápida, especialmente cuando patean el trasero.

—Perfecto, —dijo—. Pero no te he preguntado, ¿ya sabes quién es tu editor? No has mencionado a nadie.

—Marco Boss.

Una expresión de preocupación cruzó su rostro. —¿Te tocó con *él*?

—Yo sé. Ya lo busqué en Google. Todo lo que leí sobre él dice que es un hijo de puta.

—Eso es quedarse corto.

—La buena noticia es que tiene una lista increíble de clientes. Se supone que es un excelente editor y que tiene un montón de best sellers.

—Todo eso es cierto, pero es un arrogante del diablo. Si se le va la mano, avísame si tu novio necesita hacerle una visita.

—Bueno, *eso* lo intimidaría.

—No realmente. Su ego es demasiado grande. ¿Y físicamente? Boss es de mi tamaño.

—¿Cómo puede ser eso posible? Tú eres una montaña.

—Aparentemente, ambos nos comimos nuestras verduras. Pero aquí entre tú y yo, yo podría con él.

—Tú eres un ex SEAL. Sí se pone muy pesado, tendré que dejar que lo liquides en medio de la noche. ¿Estamos de acuerdo entonces?

—La pregunta es si tú estás de acuerdo. Estoy muy orgulloso de ti. Cualquiera que sea tu siguiente paso, tienes todo mi apoyo. Tienes que saber eso. —Se inclinó y me besó—. Entonces, ¿qué piensas? ¿Lo vas a hacer?

—Supongo que sí. Creo que me has convencido.

—Entonces tuve éxito. Es una gran oportunidad para ti. Vamos a salir adelante, no me preocupaba. Pero gracias por hablar conmigo. Te agradezco que me hayas tenido en cuenta en todo esto.

—Debería haber hablado contigo antes. Todo ha pasado tan rápido. Me asusté y no quería molestarte con esto. Tú eres más importante para mí que el contrato. Eres más importante para mí de lo que te imaginas. No quiero que nada estropee lo que tenemos.

—Si tú no sigues adelante con el contrato, se estropeará. Siempre te estarás preguntando '¿y si tal cosa?'. Eso es algo que yo no permitiré. ¿De acuerdo?

—De acuerdo.

Nos paramos y caminamos hacia la puerta cerrada del salón de conferencias. Sujetaba mi mano con tanta fuerza que podía sentir su pulso. —Bueno, voy a hablar en serio por un momento, dado que lo conozco mejor que tú —dijo—. Si Boss se convierte en un problema, quiero saberlo, ¿de acuerdo? No estaba bromeando con eso antes. Él es un mal nacido. Si es grosero contigo, quiero que me lo digas.

Me paré en la punta de los pies, pasé mis brazos por su grueso cuello y lo besé como si fuera el último beso que compartiéramos. Así era cuánto lo quería. Así era por qué casi no podía esperar para estar con él más tarde. Nuestras lenguas exploraron más y más profundamente.

—¿Me deseas suerte? —pregunté cuando nos estabamos separando.

—En realidad, lo que deseo es que vayamos a un hotel.

—Contéstame

—Tú sabes que te deseo lo mejor del mundo, nena.

—Te amo tanto, Tank.

—Yo también te amo.

—Entonces, ¿te veo esta noche?

Me sonrió. —¿Cuánto de mí quieres ver esta noche?

—Todo. Especialmente lo que está acechando detrás de esa carpa en tus pantalones.

Miró hacia abajo, se ajustó y me miró con malicia. —Esto es para ti —dijo—. Más tarde. Prometido.

Sin previo aviso, me presionó fuertemente contra la pared, nuestras miradas se encontraron y luego me besó tan profundamente que casi me deja sin aliento. Desabotoné su chaqueta y deslicé mis manos por dentro, sentí la sedosidad de su camisa y la fortaleza de piedra de su musculatura. Luego, me extiré para alcanzar su enorme pecho antes de inclinarme para morder uno de sus pezones, lo que lo puso tenso.

—Eso es para más tarde —dije—. Ahora, abotónate, semental. Y arréglate el pantalón. Tienes un asunto bastante impresionante por ahí abajo del que tienes que hacerte cargo si quieres salir de esta habitación con tu reputación intacta.

—Entonces, ¿por qué no te haces cargo tú?

—Eres malo, —dije. Y luego le dije al oído—. ¿Pero aquí entre los dos? Me encantaría hacerme cargo de él ahora mismo. Si pudiera, me arrodillaría y me lo comería todo. Y luego dejaría que tú me comieras toda.

CAPÍTULO CUATRO

Cuando regresé a la oficina de Blackwell, habían transcurrido cerca de treinta minutos y no vi a Jennifer. Miré a mi alrededor buscándola, pero no estaba en ninguna parte. Probablemente estaba trabajando.

Así que sólo estábamos Blackwell y yo.

Bueno, esto va a estar interesante, pensé.

—Lamento haber tardado tanto, —le dije.

—Has tenido esperando a Bernie —dijo mientras se paraba de su escritorio—. Y eso es algo que no hacemos. Él es un hombre muy ocupado. Viene aquí porque me adora y porque ha llegado a querer a Jennifer, quien nunca llega tarde, como tú. Él sabe que tú y Jennifer son buenas amigas. Si le agotas la paciencia, no esperes que deje todo tirado y te haga un favor. El hombre es un genio, altamente cotizado, y necesitas un genio ahora mismo.

—Es sólo la firma de un contrato. No me veo tan mal.

—No es sólo la firma de un contrato. Firmar el contrato tomará sólo unos minutos. Él está aquí para arreglarte con estilo para la sesión de fotos. Y por cierto, ¿qué diablos llevas puesto? ¿Dónde conseguiste ese traje? Es horrible. Pareces salida de un anuncio de fin de semana de K-Mart.

—No lo parezco.

—Sí pareces. ¿Y qué pasa con el olor de tu spray para el pelo? Es abrumador. Risible. Pareces una de esas pegatinas malolientes de indigente. Y no me contradigas. ¿Puedo asumir por tu aire resplandeciente que todo está bien entre tú y Tank?

—Así es.

—Bueno, gracias a Dios, por lo menos, podré dormir esta noche. —Me tomó por el brazo—. Ven conmigo. Pelo, maquillaje, ropa, contratos y luego la sesión de foto. En ese orden. Tu nueva vida empieza en este momento.

—¿Por qué estaré deseando ser uno de mis zombis en este momento?

—¿Tal vez porque se visten y huelen mejor que tú?

Decidí no responder a ese comentario y simplemente seguirla fuera de la oficina, a través del gentío que se cruzaba en el pasillo y hasta lo que parecía ser un salón de conferencia convertido en una especie de salón de maquillaje y vestuario. Aunque era de mañana y el sol brillaba, las ventanas estaban oscurecidas con cortinas oscuras y la luz atenuada. Cuando Blackwell cerró la puesta tras de ella, un hombre sentado en un sofá al otro lado del salón se paró frente a nosotras.

—Buenos días, —me dijo.

—Buenos días. Siento mucho llegar tarde.

—No lo siente para nada, Bernie.

—Eso no es cierto. Hoy he tenido que manejar muchas cosas.

—Deja de lloriquear. Bernie, ¿te acuerdas de ésta? Es Lisa Ward, tu nueva pupila, por así decirlo. Lisa, ya conocías a Bernie, que no tiene apellido. Así de bueno es. Él es simplemente 'Bernie'. Recuerda eso. Es todo lo que necesitas saber.

Miré al delgado y elegante caballero de edad avanzada parado al frente y si bien yo lo reconocí a simple vista, no estaba segura de que él se acordara de mí, nos había arreglado a Jennifer y a mí unas semanas atrás. —Qué bueno volverte a ver —dije.

—Lo mismo digo yo, Lisa. Recuerdo que te gusta la moda.

—Me gusta, lo cual no quiere decir que pueda darme el lujo. Pero leo todas las revistas. Las he devorado desde que era una adolescente. Sólo que no puedo comprar lo que hay en ellas. No tengo mucho dinero.

—Y eso explica su mala vestimenta y las puntas del pelo abiertas —dijo Blackwell—. Mírala. Es un desastre monumental. —Estaba por decir algo cuando ella continuó hablando—. Sin embargo, tengo que admitir que a diferencia de Jennifer que prefiere su figura de reloj de arena, Lisa es una talla cero perfecta, Bernie. Se lo reconozco.

Él mantuvo su mirada en mí. —Oí que tu suerte está por cambiar hoy —dijo y tomó mis manos entre las suyas.

—Supongo que sí.

—Ella sabe que sí, —dijo Blackwell.

Oh, cómo quería darle una bofetada. Pero sabía que esto era parte de su actuación, entonces me tragué mi respuesta y mejor admiré al hombre que tenía al frente. Pelo plateado, grueso, con un corte perfecto. Vestido completamente de negro. Unas magníficas botas Dior. Nada fuera de lugar. Y tenía un rostro amable. Me estaba sonriendo. —Me alegra mucho volverte a ver —dije.

—Siempre es un placer, Lisa —dijo. Y luego le lanzó una mirada a Blackwell—. ¿Cuánto tiempo tenemos?

—Sesenta minutos.

—¿Medios?

—Impreso y electrónico.

—¿Estilo?

—Nueva, joven escritora, inteligente, con un interesante estilo vanguardista. Estoy pensando que debemos hacer algo fresco con sus ojos. Algo que diga 'futuro'. Tal vez su pelo lo complemente. Editorial, editorial, editorial. También quiero algo de 'alcanzable' con un poco de 'inalcanzable', si eso tiene sentido. Quiero que las mujeres jóvenes la vean y digan, 'Mira cómo es de guay. Quiero parecerme a ella. Parece como salida del futuro. Tengo que leer sus libros para saber más acerca de ella. No puedo dejar de seguirla.' Ese tipo de cosas. Ella se pondrá esto.

Blackwell se dio vuelta a un estante de ropa y sacó un esmoquin negro sin camisa que me gustó inmediatamente. Había visto versiones del mismo en varias revistas y ya tenía una idea de cómo se me veía. Era elegante y sofisticado, casi sin peso, y con un pañuelo de seda negro alrededor del cuello con unas largas hebras de tejido que caían sobre mi espalda. Blackwell sostenía unos Louboutin negros brillantes con tacón de diez centímetros. Me puse la mano en el corazón cuando los vi. ¡Si pudiera lograr que el traje y lo que Bernie estaba a punto de hacerme me ayudaran a darme toda la confianza que no tenía en este momento! La ropa, el pelo y el maquillaje pueden ser determinantes, y yo estaba esperando que todo conspirara para darme la confianza que iba a necesitar antes de esa sesión de foto.

—Están perfectos —dijo Bernie al admirar el traje y los zapatos—. Ya sé lo que voy a hacer. Una pregunta, en la sesión de foto, ¿en algún momento van a tomar fotos con luz natural?

—Nunca.

—*Je t'aime,* —él dijo.

—*Le mem chose.*

—*Je t'adore.*

—*Tu savais je t'aime plus.*

—Lisa —dijo él—. Si te puedes sentar en esta silla, vamos a empezar.

CUANDO BERNIE TERMINÓ, me miré en el espejo ovalado e iluminado que tenía al frente y no pude creer la transformación que había sufrido. Como siempre, Blackwell tenía razón. Todo lo que antes me había hecho en casa no tenía nada que ver con lo que Bernie me había hecho ahora.

Mi pelo rubio había sido peinado hacia atrás con un tipo de gel que lo hacía brillar. Era lo suficientemente largo como para llegar al hombro, pero ahora estaba recogido en una pequeña moña tan cerca de mi cuello que se sentía como sostenido por pinzas.

Mi maquillaje era limpio, jovial y fresco, pero con el toque que Blackwell quería. Mis ojos estaban espolvoreados con sombra plateada brillante y pestañas postizas en los párpados de arriba y abajo para dar un efecto dramático.

Pero mis labios eran los que producían el verdadero efecto.

Bernie los había pintado de rojo antes de ponerles diamantes reales. El efecto era tan deslumbrante como ridículo, exagerado e inconcebible. Unos diamantes grandes contorneaban el borde de los labios y poco a poco se iban empequeñeciendo a medida que mis labios se juntaban. Eran como cincuenta.

Nunca antes había visto algo así. Lo miré con preocupación. —¿Se caerán cuando hable?

—De ninguna manera. Estira tu boca, —dijo—. Sonríeme. Eso es. Ahora, háblame. Grítame.

—Te estoy hablando y ahora ¡te estoy gritando! Estoy abriendo la boca tan grande como puedo y no se cae nada. Bueno, ahora estoy gritando más fuerte. A este punto, todo el mundo en el piso me puede oír. ¿Cómo diablos hiciste esto? Todo se mantiene en su lugar.

—Nunca revelo mis secretos, pero no se moverán de su sitio hasta que Bárbara o yo te los quitemos. —Se volteó hacia Blackwell—. ¿Aprobado?

—¡Oh, sí! ¡Oh, sí claro! A esto es a lo que las chicas van a querer parecerse. Esto es lo que va a despertar interés por ella y sus libros tan pronto como salga la publicidad.

—Entonces, es toda tuya.

—Nos quedan unos pocos minutos, —me dijo ella—. Ven aquí. Rápido. Te vestirás aquí.

—¿Delante de ustedes?

—No será la primera ni la última vez, así que vamos. Jennifer lo hizo. Ahora apúrate.

Cinco minutos más tarde, Blackwell estaba poniéndole los últimos toques al pañuelo de seda alrededor de mi cuello. Lo hizo tal y como yo lo había visto en las revistas, una franja negra gruesa rodeaba mi garganta y el resto de la tela caía sobre mi espalda.

—Párate al frente de este espejo, aquí —dijo.

Había un espejo de cuerpo entero justo al lado. Me paré al frente y casi no me reconozco. Nada tenía sentido. Era como si hubieran creado otra persona. Tenía sólo una preocupación, pues el esmoquin no llevaba camisa. —¿Se me verán los senos?

—¿Cuáles senos?

—Los que tengo aquí, Bárbara.

—¿De verdad?

—De verdad.

—Bueno —dijo ella—. Lo que sea. Te seguiré la corriente de que tienes algo ahí arriba sólo porque lo último que necesitamos es un problema con el vestuario. Déjame usar un poco de cinta adhesiva de doble faz. Bernie, mi amor, dime que tienes un poco.

—Por supuesto que sí.

Oí como un rasgón y la escuché murmurarle algo, luego me puso la cinta, presionándola firmemente contra mi piel y el interior de la chaqueta. Cuando retrocedió para examinarme, dijo: —Estás lista.

—Me encanta.

—¡Qué alivio! Porque adivina una cosa, Hooters. Oficialmente, ya no tenemos tiempo.

Se acercó a Bernie, lo besó en el aire en cada mejilla y luego tomó mi mano. —Hoy todo cambiará para ti. Antes de que te des cuenta, tu rostro ocupará un lugar importante en el *Times* y en Times Square.

—Mi rostro, ¿qué?

—Ya me oíste y ya te había prevenido, Lisa. Pronto, serás la chica que nadie conoce, pero que todos desean conocer. Ya te lo dije, te convertiremos en una estrella, y hablo en serio. ¡Oh, deja esa cara! ¡Contrólate! ¿Por qué te ves asustada? Necesito que estés presente. Firmamos los contratos, todos nos damos la mano y luego tú y yo nos vamos para el Meatpacking District. El estudio de Aura queda ahí.

—¿Voy a ir al Meatpacking District con estos labios?

—Esos labios son los que van a lanzarte a ti, a tu rostro y tus libros al mundo. Tus libros hablarán por sí solos y tú ya sabes lo que pienso del que Wenn compró los derechos. Eres muy buena, maldita sea. ¿Entiendes? Bueno. Respira profundo. Recupérate y confía en Bernie y en mí. Te hemos preparado para el éxito no para el fracaso. ¿Estás lista?

—Lista —dije. Y por primera vez en el día, realmente lo creí.

—Entonces vamos —dijo.

CUANDO LLEGAMOS A WENN Publishing en el piso veintiuno, comenzó la confusión.

Firmé los contratos que mi abogado ya había aprobado, vi la cantidad de dinero tan ridícula que me estaban ofreciendo y luego, por primera vez, conocí a mi nuevo editor, Marco Boss, quien era tan alto y musculoso como Tank.

¿Este es un editor? Pensé.

Era una vara imponente de hombre, tal vez más alto que Tank. Tenía el pelo negro, grueso, ondulado que le caía sobre la frente, labios gruesos, quijada prominente, ojos verde azulosos, un pecho tan ancho como el mapa de Estados Unidos y completamente en forma. Era mayor que yo —treinta y tantos— y todo en él exhalaba un aire de sexualidad, fuerza y poder. Por más comprometida que estuviera con Tank, estaría mintiendo si dijera que no lo encontraba terriblemente atractivo.

Y después abrió su boca.

—¿Lisa Ward? —me dijo.

De alguna manera, su voz era más profunda que la de Tank, que era insondable para mí. La voz de Tank era casi primitiva, era de madera y ladrillo. ¿Pero la voz de Marco? Era varias notas más baja.

—Sí, soy Lisa.

Me extendió la mano. —Marco Boss.

Le estreché la mano, que se tragó la mía. —Es un placer. He oído hablar mucho de ti.

—Me pregunto si seguirás pensando que es un placer dentro de unos minutos —dijo. Cruzó los brazos y me miró de arriba a abajo—. ¿Por qué estás vestida así?

—Yo estaba...

—¿Y qué te pasó en los labios? ¿Y por qué estás casi desnuda? —Miró a su alrededor. Blackwell estaba ahí, con mi abogado, junto a algunos abogados de Wenn Publishing y otra gente que no conocía. El ambiente se ensombreció. De pronto, deseé que Tank estuviera ahí conmigo, pero no era así, tampoco estaba Jennifer. Sólo estábamos Blackwell y yo, pero ella todavía no había hablado.

¿Lo hará? No estaba segura.

—¿Qué es esto? —dijo Boss—. ¿Una broma? La sesión de foto de hoy es para el *Times* y Times Square, por favor. Parece más un payaso que una autora.

—¿Qué dices? —dije.

Me miro. —Tengo la impresión de que no tienes nada que ver con esto, no lo tomes como algo personal.

—Perdón, pero si me llamas un payaso, deberías saber que lo voy a tomar como algo personal.

Miró al techo. —¿Por qué será que cada escritor de mierda con quien tengo que trabajar últimamente resulta ser una maldita diva?

—¿Diva? —dije—. Ni siquiera me conoces.

Antes de que pudiera continuar, Blackwell intervino. Me apretó el brazo, se apartó de mi lado y caminó directamente al frente de él. Era unos cuarenta centímetros más pequeña que él, lo cual no la detuvo. Ella era una fuerza, y más que nunca, vi su verdadera fuerza emanar en oleadas de rabia.

—Retráctate, —dijo ella.

—Entonces, ¿usted le hizo esto a ella? —dijo él.

—Tienes toda la razón, maldita sea. Y me lo vas a agradecer.

—¿Sí? ¿Cuándo? Se ve ridícula. ¿Qué mierda hacen esos diamantes en sus labios? ¿Y por qué está desnuda debajo de ese esmoquin que lleva? ¿Eso quiere decir una 'autora seria' para usted? Será el hazmerreír.

—Ella escribe novelas de entretenimiento.

—Ella escribe basura.

—¿Qué escribo?

—Basura.

Esa se me clavó hondo, me dolió más de lo que hubiera imaginado, seguramente porque él fue quien compró los derechos de mis libros y pensé que los respaldaba y a mí también. Aun así, tenía que mantenerme lo más profesional posible, así que me tragué mi respuesta. *Deja que Blackwell lo liquide.*

—¿Sabes algo de publicidad, Marco? —interrumpió Blackwell.

—¿De estilo? ¿De crear un personaje que los otros admiren? ¿Tienes idea de qué tan poderoso es eso es hoy en día?

—Lo siento, Bárbara. Yo soy del mundo de las letras, no del de crear falsas celebridades cuyo libro, a mi parecer, necesita ser enteramente reescrito antes de que Wenn lo publique.

—¿Completamente reescrito? —dije.

Volteó a mirarme. —Correcto. Completamente reescrito.

—No entiendo, —dije—. Pensé que te gustaba mi libro.

—Tu libro tiene sus momentos, pero la mayor parte es una mierda.

—¿Estás loco? —le dijo Blackwell.

—No mucho.

—¡Oh, querido, por favor! Estás perdido. El libro que elegiste estuvo entre los 100 mejores en Amazon durante semanas. Fue número uno. Se han vendido cientos de miles de copias. Y sigue ahí ahora mismo. Lo elegiste por todo eso. La buscaste a ella porque sabías que, si ha tenido tres best sellers seguidos, no es una casualidad. ¿Y te atreves a insultarla diciendo que su trabajo es una basura? ¿Y diciendo que parece un payaso? ¿Qué diablos te pasa?

—Siento mucho no haber conocido a la señorita Ward antes de esto. Nunca habría firmado un contrato con ella si hubiera sabido que iba a venir vestida como para un espectáculo de terror. La ha hecho parecer una farsante y no trabajo con farsantes.

—¿Entonces su trabajo es menos porque lleva ropa de alta costura? Agitó su mano hacia mí. —¿Esto es alta costura?

—De hecho, lo es.

Ya era demasiado. Esto ya era más que un insulto. Hoy se suponía que era un día para celebrar. ¿Por qué se estaba comportando así? Fuera cual fuera la razón, seguro que no iba a soportarlo.

—Dame el contrato —dije—. Si el señor Boss tiene dudas con respecto a contratarme, no tengo ningún problema en publicar por mi cuenta. Pásame el contrato. Déjame romperlo. Puedes quedarte con tus cinco millones, no los necesito.

Pero Marco Boss fue rápido. Tomó el contrato de la mesa antes de que yo pudiera agarrarlo. —Demasiado tarde. Ya firmaste los papeles ahora tendrás que lidiar conmigo. Trabajaremos juntos en tu librito de zombis, pero no quiero tener nada que ver con la sesión de foto de hoy. —Se volteó hacia Blackwell—. Que es asunto suyo, por cierto. Si fracasa la campaña de mercadeo, es porque usted la convirtió en una clase de 'call girl' costosa. Recuerde eso.

—¡Oh, este estúpido! Lo que recordaré son los aplausos y halagos, querido. Y luego absorberé la exaltación de lo brillante que soy. No habrá nada de lo otro.

—Entonces usted es una idiota. No sabe nada del mundo editorial.

Medio aturdida, miró a su alrededor. Levantó los brazos y dijo, —¿Hay alguna persona más ridícula en esta habitación? Yo he visto pataletas antes, pero esto ya raya en un tipo de caricatura de Disney. Parece como si tuviera seis años de nuevo y alguien le quitó su tren de juguete. O su pequeña figurilla de Batman. —Lo miró de frente—. Marco, mi pobre, querido, perdido Marco. Tú sabes perfectamente bien lo que he hecho por tus otros autores en el pasado.

—Nada de lo que hizo con ellos se parece a esto.

—Porque ninguno de ellos podría tener un aspecto como este. Lisa puede. Ahora, discúlpate con ella. Puedo llamar a Alex y decirle que te despida. Tú lo sabes. O la apoyas y dejas de acosarla o comienzas a buscar otro trabajo. Elige.

—Si se deshace de mí, se deshace de Wenn Publishing.

—¿Lo dices en serio? ¿Acaso tu ego no conoce límites? Tenemos docenas de excelentes editores aquí. Eres sólo un poco de goma de mascar pegada en la suela de unos zapatos finos.

—¿De verdad? ¿Tiene alguno de esos editores dos escritores que hayan ganado el premio Pulitzer en su haber?

—Me importan un comino tus premios o tu alto status, Marco. No daría ni mierda, por nada de eso, porque lo único que hiciste fue tomar el bolígrafo para firmar papeles, y cambiar y editar el trabajo de otros. Seguramente, no has escrito nada por ti mismo como para presumir, así que deja de comportarte como si lo hubieras hecho. Ahora, eres un buen editor, todos lo reconocemos, pero no eres irremplazable. Nadie lo es. Ni siquiera yo. No te atrevas a insultar a una escritora nueva cuando está a punto de pararse frente a una cámara por primera vez. ¿Cómo te atreves a hacerle esto a ella? Le estás predisponiendo para el fracaso. Discúlpate con ella ya mismo o te largas de aquí.

Me lanzó una mirada demoledora. —Siento mucho que te haya hecho parecer como una cualquiera, —me dijo—. Entiendo que no fue cosa tuya, pero, de todas formas, eso es lo que pareces.

Y hasta aquí llegué, ya había tenido suficiente.

—Creo que he oído suficiente —dije—. Yo no estoy pintada en la pared. He hecho un esfuerzo para ser profesional, me he mordido la lengua hasta donde he podido, pero no más. ¿Quieres saber lo que veo en ti, Marco?

—¡Suéltalo! Déjame ver qué tienes.

—Es seguramente lo mismo que todo el mundo piensa, y así ha sido por años. Ya compartiste tus impresiones sobre mí, entonces ahora aquí van las mías sobre ti. Te ves como una bestia que toma esteroides. ¿Lo haces? Debo preguntarme. ¿Lo haces en el baño o en privado? ¿Están limpias las agujas, o no? Apuesto a que están sucias. Apuesto a que te atrae ese tipo de conducta arriesgada. Y te parece excitante. Pero, a mi parecer, te ves como si hubieras estado en esto por años y me pregunto por qué. ¿Qué estarás tratando de compensar?

—¿Tratando de compensar?

—Así es, me lo pregunto.

—¿Crees que ando en esteroides?

—Puedo oler tus cojones podridos desde aquí.

Se rio, pero fue una sonrisa sin humor. Lo había desafiado públicamente y él estaba tratando de mantenerse calmado.

—Señorita, no tienes ni la menor idea a qué te estás enfrentando.

—¿Es esto una amenaza?

—Es un hecho.

Me reí con nerviosismo. —He leído sobre tu reputación. Vine a esta reunión con los ojos bien abiertos, pero no he hecho nada para merecerme esta hostilidad de tu parte. Todo lo que he hecho es venir. Eres simplemente un editor, acosador, de la vieja escuela que cree que voy a tolerar estas idioteces. Adivina, no lo haré.

—Eso es porque tienes a Alex Wenn en tu bolsillo.

—¿Te refieres a tu jefe?

No respondió, en cambio me miró con rabia, y en ese momento fue claro que estaba en mi contra. Me había hecho un enemigo.

Nada que hacer.

—Este es el trato —dije—. Lo que tienes que entender, señor Boss, es que soy feliz siendo una escritora independiente. Lo disfruto por una simple razón, porque nunca he tenido que lidiar con gente como tú o tu arrogancia. Y mi amor propio vale más que tu contrato por cinco millones de dólares por mis libros. Si quiero salirme de esto, lo único que tengo que hacer es una llamada. Pero tú fuiste el que quiso editar mis libros, que me buscó. Entonces, ¿cuál es el problema?

—Ya te lo dije. Te ves ridícula.

—Entonces, ¿todo esto es sólo por cómo me veo?

—Como te ves arruinará nuestras ventas.

—¡Oh, mira! Ahora presiento que tengo al frente una reina del drama. Pero si piensas así, ¿eso niega lo que he escrito? ¿Todo se reduce a cómo me veo? ¿Acaso las palabras no significan nada?

—Cuando se lance la campaña publicitaria, ya verás lo que te espera.

—Estás perdido, vives en el maldito pasado.

—Supongo que veremos cómo te va, querida, porque nadie te va a tomar en serio si te ven así.

—Dile eso a Bárbara.

—Ella ya sabe lo que pienso. Entonces, supongo que lo veremos.

—Veremos. Y cuando veamos cómo va todo, acuérdame de hacerte tragar tus palabras —dije—. Después de esto, no tendrás otra alternativa que comértelas frías.

—Señora Blackwell —dijo un joven—. Tenemos que irnos si queremos llegar a tiempo.

Y Blackwell se paró enfrente de Boss. —Si no cambias tu actitud, estás acabado. ¿Me entendiste, muchacho? Te destruiré. No solo aquí, sino por todas partes. Tú fuiste quien la buscó. Eras tú él que estaba decidido a firmar el contrato. Y ella firmó, de buena fe.

—Y por cinco millones de dólares.

—Ella los hubiera ganado trabajando independiente sin tu ayuda. Lamento que no te guste su apariencia, pero a otros les gustará. Ya verás. Ahora discúlpate con ella.

Pero Marco Boss no lo hizo. Cuando pasó a mi lado, me miró con rabia y desdén. Luego salió de la habitación, caminó por el pasillo que llevaba a los ascensores y desapareció.

—¿QUÉ DEMONIOS FUE ESO? —le pregunté a Blackwell, temblando.

—Marco Boss.

—¿Alguien lo importó del infierno?

—A menudo se siente así.

—¿Quién es él para tratarlo a uno así? ¿Para hacerlo sentir a uno así?

—Él sabe bien cómo tiene que comportarse. Ya recibirá noticias por esto.

—¿De verdad me veo como un payaso?

—Te ves preciosa. Necesito que confíes en mí.

—No puedo creer que esto haya ocurrido. Quería responderle inmediatamente, pero me contuve. Aun así, me alegra habérselas cantado al final. No estoy aquí para que abusen de mí. De hecho, nunca permitiré que alguien abuse de mí. ¿Qué diablos le hice para merecer esto?

—Nada —dijo ella.

—Traté de morderme la lengua. Traté de ser profesional. Pero cuando se pasó la raya, tenía que darle su merecido. Llegó a un punto que quería darle un puño a ese malnacido

—Entiendo perfectamente. Te estaba atacando. En el mejor de los casos, ese hombre puede ser impredecible; en el peor, una persona horrible. Me encargaré de él más tarde. Puede o no ser tu editor en adelante. Alex y yo decidiremos sobre esto después. Pero tenemos que irnos. Quién sabe cómo estará el tráfico desde aquí hasta el Meatpacking District y no podemos tener a Aura esperando. Es una de las mejores fotógrafas editoriales de la ciudad. Estaremos ahí la mayor parte del día. Dime si todavía estás de ánimo para la sesión de fotos, si no, puedo reprogramarla.

—¿Después de esto? ¡diablos, claro que estoy lista! Le voy a demostrar a ese hijo de puta que está equivocado.

—Bueno —dijo ella—. Me gusta la gente de armas tomar.

Su cara se entristeció por un momento. —Siento mucho que haya ocurrido esto.

Solo necesito entender qué pasó. ¿Cómo diablos voy a trabajar con él ahora?

—Siendo tú misma. Siendo profesional. —Tomó mi cara entre sus manos—. Mira, como lo veo. Él no sólo no fue profesional. Ya va a oír al respecto más tarde, y o le van a llamar la atención o lo van a despedir. Eso te lo prometo. Sabes que cuando te hago pasar un mal rato es porque te estoy molestando. Tú sabes que soy yo siendo yo misma. Cuando me salgo de mis casillas, es sólo para relajarme. Pero este hombre lo hacía en serio. Quería ser cruel a propósito, humillarte justo antes de que te pararas frente a una cámara. Lo hizo a propósito para afectarte. Y no lo voy a tolerar. Una vez termine esta sesión, puede que terminemos con él también. —Miró su reloj—. Vamos querida. Tenemos que irnos.

CAPÍTULO CINCO

Al final de la tarde, después de una sesión de fotos totalmente agotadora, Blackwell consideró que había sido un éxito, a pesar de que Boss se me metío tanto en la cabeza antes de comenzar que me sentí rígida y como un fraude.

—Excelente —dijo ella.

—No lo sé, Bárbara.

—Yo creo que te va a agradar —dijo Aura. Era una mujer joven, de ascendencia asiática con un estilo avanzado para la época. Su aspecto moderno no definía el ahora, sino lo que viene. Pensé, ella es elegante, amable y mucho más que linda. La forma en que me sacó de mí misma no sólo fue hábil sino admirable, lo que era posiblemente una buena razón por la que era considerada una de las mejores del mundo. Cuánto más llegaba a conocerla durante la sesión, más confiaba en ella, me sentía más relajada y podía divertirme.

Pero aún en esos momentos divertidos, no podía sacarme de la cabeza las palabras de Marco.

—Lo siento —le dije—. Nunca había hecho esto antes. Pienso que lo hubiera podido hacer mejor.

—¿Por lo que vi hoy? —dijo Aura—. Bueno, al principio estabas un poco nerviosa. La mayoría lo está. Pero después te metiste de lleno. Y a partir de ese momento, en cuanto a mí, tenemos suficientes fotos para elegir. —Se acercó y me abrazó—. Sé que al principio no es fácil. Pero ya verás, habrá más sesiones como esta en tu carrera. Yo creo que estarás feliz con lo que logramos hoy y espero que podamos seguir trabajando juntas pronto.

—¡Oh, con seguridad! —dijo Blackwell mientras me quitaba los diamantes de los labios con un tipo de disolvente—. Eres increíble, Aura. Tan amable. Tan precisa. Con esa energía. Vi las tomas. Sé que aquí tenemos algo especial. Gracias por habernos dedicado tanto tiempo. No lo olvidaré fácilmente.

—Por favor, el placer fue mío. Lisa, espero poder leer tu libro. ¿Me vas a enviar uno autografiado? Lo apreciaría mucho si lo haces.

¿Hablaba en serio? Estas eran las palabras que había querido escuchar desde que era niña. —Claro que lo haré.

—Perfecto. Espero verte pronto.

Le dimos las gracias de nuevo y luego salimos del edificio, a la penumbra de la noche, donde nos estaba esperando una limosina. El conductor nos abrió la puerta. Cuando me senté al lado de Blackwell, me preguntó dónde me gustaría que me dejaran.

—¿En tu apartamento o dónde Tank?

—Creo que ya sabe la respuesta.

—Entonces en el tuyo.

—Muy graciosa.

—Ahora escúchame —me dijo—. Necesito que descanses un poco esta noche. Mañana es tu primera reunión editorial con Boss. Después de lo que pasó hoy, tengo la sensación de que mañana va a acuchillar tu libro hasta lo último, sin compasión.

—Si las modificaciones son razonables, estoy de acuerdo. Sé que el libro no es perfecto. Hice lo mejor que pude cuando lo publiqué por mi cuenta, pero si Boss me puede ayudar a pulirlo y mejorarlo, estoy totalmente a favor.

—Él puede hacerlo. Pero me temo que necesitarás una buena coraza para cuando se lance con todo lo que le parece que está mal en tu libro. Especialmente después de lo que pasó hoy.

—Mire, yo desarrollé una coraza hace años. Cuando estaba tomando las clases de escritura creativa en la Universidad de Maine, mis profesores y compañeros despedazaban mis trabajos todas las semanas. Era la única en las clases que escribía novelas comerciales. Todos los otros estudiantes aspiraban a escribir la próxima gran novela americana. Yo no, de hecho, no podría hacerlo. ¿Pero escribir sobre zombis en un mundo postapocalíptico? Eso me interesaba. Así como poder vivir de mi escritura. Lo que mis compañeros nunca entendieron es que escribir poesía o prosa seria no los iba a llevar muy lejos en la vida. Ellos querían la aprobación de la crítica. Ellos querían ser elogiados y premiados por ser brillantes. No me importaba en lo absoluto. Sólo quería escribir libros que le gustaran a la gente y que no pudieran despegarse de ellos.

—Y lo has logrado.

—Tengo todavía un largo camino que recorrer y mejorar mi talento como escritora, pero me encanta lo que hago. Las masas quieren entretenimiento. Me gusta escribir para entretener. En la universidad, la gente creía que yo me había vendido. Y cada vez que tenía que leerles un capítulo en voz alta, me atacaban porque yo no me ajustaba a lo que era un escritor para ellos. Lo que no entendieron era que yo escribía lo que me gustaba escribir, historias que emocionan, no historias que se doblegan para llegar al corazón de la experiencia humana. Eran unos esnobs pretenciosos, y estoy casi segura de que es este el tipo de persona que voy a enfrentar cuando me reúna con Boss. Así que, como le dije antes, él no me intimida por la buena razón que usted ya sabe.

—Lo que me preocupa es que no vayas a estar preparada para lo despiadado que va a ser. Esto no es la universidad, es diferente. En este momento, no estoy segura de que te hayas dado cuenta de la realidad. Ya no tienes los derechos de autor de tu trabajo. Hoy, renunciaste a ellos. Wenn tiene ahora los derechos de tus próximos dos libros y del que recientemente publicaste por tu cuenta. Con respecto a este último libro, no tienes nada que decir si Boss te hace reescribirlo completamente, como ya amenazó. Eso es lo que me preocupa. Al publicar como independiente, no tenías que responderle a nadie, sólo a ti misma. Ahora, por lo menos para estos tres libros, todo eso cambia. Vas a tener que responderle a un hombre que te trató mal desde que te conoció y que se ha convertido en tu enemigo.

—Supongo que me encargaré de eso cuando llegue el momento —dije—. ¿Qué más puedo hacer?

Mientras circulábamos por entre el tráfico, franjas de luz pasaban por su cara y la iluminaban por un instante antes de volver a quedar en la oscuridad. Esta vez, cuando vi su expresión, antes de que el interior del auto se oscureciera, era sombría.

—A menos de que sea realmente abusivo, que sé que puede serlo, no puedes hacer nada —dijo—. Cuéntame, sin dudar, si se pasa la raya. Alex seguramente le va a llamar la atención por su comportamiento de hoy. Pero, si Boss lo vuelve a hacer ni Alex ni yo lo vamos a tolerar. Si lo vuelve a hacer, dime, y Boss quedará despedido.

EL EDIFICIO DE APARTAMENTOS de Tank quedaba en la Quinta Avenida. Era una propiedad de Wenn en la que Blackwell también vivía, así que tomamos el ascensor juntas cuando llegamos. Nos despedimos con un beso en la mejilla cuando el ascensor llegó al piso de Tank.

—Hablamos mañana, —dijo ella cuando me bajé en el piso de Tank.

—Gracias por todo, Bárbara.

—Gracias por haber sido profesional. Y buena suerte mañana. Acuérdate, búscame si algo va mal.

Fui hasta el final del pasillo, volteé a la izquierda, llegué al apartamento de Tank y toqué en la puerta. Todavía llevaba puesto el esmoquin sin camisa que Blackwell había escogido para mí hoy en la mañana, pero como estaba haciendo tanto frio, también tenía puesto un precioso abrigo negro, a media pierna de cashmere de Tom Ford con el que ella me había sorprendido antes de ir a la sesión de foto en el centro.

—No puedo dejar que estires la pata por una neumonía a mi lado, ¿no? —dijo cuando me entregó el abrigo—. Ten. Te mantendrá caliente. Es mi regalo personal para ti. Y también una forma de decirte 'felicitaciones' por tu éxito.

—¡Está precioso! —le dije cuando me lo puse.

—Está un poco grande para ti —dijo mientras me examinaba—. Especialmente en la cintura y el pecho, donde según parece Dios decidió robarte los senos. Eres delgada, y pensé que había acertado. ¡Pero diablos, no! Esta semana lo voy a arreglar. De ninguna manera voy a dejar que lo uses así por mucho tiempo sin que te quede a tu medida.

Cuando Tank abrió la puerta y vi a mi novio con sus Levis 501 y camisa de leñador, me lancé a sus brazos. Él cerró la puerta tras de mí y nos quedamos parados en la entrada por un momento, abrazados mientras sentía el calor de su cuerpo contra el mío. Era reconfortante y tranquilizador.

—Me hiciste falta hoy —dije.

—¿De verdad?

—Más de lo que te imaginas.

Se inclinó y me besó. —Yo también te extrañé.

Me ayudó a quitar el abrigo, dio un paso atrás y silbó suavemente.

—Jesús —dijo.

Hice un giro frente a él. ¿Te gusta?

—Estás muy atractiva.

—Esta no soy yo, lo sabes. Es sólo en lo que me convirtieron Bárbara y Bernie hoy. ¡Oh, el poder del pelo, el maquillaje y un buen traje! —Caminé y presioné mis manos contra su pecho—. ¿Te gustaría quitarme el traje?

—Realmente, me gustaría.

—Déjame refrescarme en el baño y tal vez te deje desnudarme y hacerlo a tu manera.

—No me tientes.

—¿Quién dice que lo hago? —Miré hacia sus jeans y estaban abultados exactamente donde debían estarlo—. ¿Por qué habría de privarme de esto?

—No deberías. ¿Quieres tomar algo primero?

—¿Qué crees?

Me sonrió. —Estás de ánimo.

—Sólo quiero estar contigo. ¿Puedes culpar a una chica por eso?

—¿Martini? —dijo.

—Me encantaría.

—Ya viene.

Entré en su dormitorio que llevaba al baño principal y busqué alrededor por un enjuague bucal. Encontré un poco en el gabinete, tomé un sorbo, hice un buche y lo escupí. Revisé mi cara y busqué en mi bolso el lápiz labial para aplicar una capa fresca. Luego, revisé mi pelo y maquillaje y estaban bien. Finalmente, me ajusté el traje. Cuando terminé, cerré los ojos y pensé en los brazos de Tank abrazándome hacía un momento. Había amor en ese abrazo, una calidez que era más que calidez y me sentía afortunada por todo esto.

Me dejé los Louboutins, porque sabía que eso lo excitaría, y entré taconeando a la cocina de Tank donde él me esperaba con un Martini frio perfecto. Tenía en la mano una caña fresca y helada de Guinness. Mi novio no era de los de Martini, era todo un hombre y lo amaba por eso.

Pasamos a la espaciosa sala de estar, donde unos ventanales abarcaban todo el espacio que daba hacia la Quinta Avenida y las luces que brillaban por debajo, a los lados y por encima de nosotros.

Había estado en su apartamento muchas veces durante las últimas dos semanas. Los muebles reflejaban quién era Tank, sofá y sillas de cuero marrón, una televisión de pantalla plana absurdamente grande colgada en la pared frente al sofá, una mesa de café antigua de caoba y vidrio, y en las paredes, una colección sorprendente de arte contemporáneo que no tenía nada que ver con la decoración. Era una mezcla de masculino y moderno lo que lo hacía aún más misterioso para mí.

Miré la caña de cerveza larga y curvada que sostenía en la mano y tomé mi Martini de su otra mano. —Tu vaso es tan largo y grueso como tú —dije.

—Lisa...

—No te imaginas cuánto te necesité hoy.

—No me hagas empezar. Estoy haciendo todo lo posible por no tomarte ya mismo. Especialmente vestida así.

Podía ver el deseo en sus ojos y supe que reflejaba el mío. —¿Qué tal si lo que quiero es que me tomes así como estoy?

—Seré atento más tarde —dijo con su voz increíblemente profunda—. Probablemente más atento de lo que puedes tolerar. Pero primero quiero saber cómo fue tu primer día.

Tomé un respiro y acepté. Necesitaba ir despacio y respetar lo que él quería oír. De hecho, tenía un novio que estaba interesado en saber cómo había sido mi día. ¿Qué tan raro era esto en mi vida? Terriblemente raro. Por lo tanto, me contuve, me controlé a pesar de los latidos agitados de mi corazón y recobré la compostura. —De acuerdo —dije—. Pero guarda tu energía, macho, porque ¿en unos minutos? Quiero que me hagas el amor como nunca lo has hecho. Después de lo de hoy, necesito sudar. Quiero que me tomes como nunca te has atrevido antes. ¿OK? Te prometo que aguantaré.

—Quiero tomarte ya mismo.

—Siéntate en el sofá conmigo. Quiero apretarme contra ti. Y si de pronto acomodo la mano entre tu entrepierna, simplemente ignórala. Sólo es para mantener las manos calientes.

Nos sentamos en el sofá, me enrosqué en sus brazos y luego comencé a contarle sobre mi día. Recosté mi cabeza sobre su hombro y le conté sobre mi altercado con Marco Boss. Le conté acerca de la firma del contrato, de lo tenso que había sido el resto del día por el comportamiento abusivo de Boss y de lo maravillosa que había estado la sesión de fotos más tarde. Me hizo algunas preguntas y habló locuazmente de Boss. Conversamos sobre su próximo viaje a Singapur con Alex y después sobre cómo había sido su día. Cuando la conversación comenzó a enfriarse, mi mano se movió entre sus piernas y comencé a acariciarlo. Había teminado con este día de una vez por todas. Más que nada, quería estar con él ahora.

—Termina tu Martini —dijo.

Le fruncí el ceño aparentando sorpresa. —¿Terminarlo? Pero si apenas lo he probado...

—Esto termina aquí. Te quiero ya.

—Pero sólo hemos hablado como por treinta minutos.

—Podemos discutir el resto de tu día en la mañana. Y el mío. Singapur va a llegar más pronto de lo que ambos queremos. No voy a esperar más.

Puso su vaso vacío de Guinness sobre la mesa de café delante de nosotros y estiró la mano para que le diera mi trago, pero yo ya lo había terminado y había puesto la copa al lado de su vaso.

Nos paramos, buscó detrás de mi cabeza, soltó el moño apretado de mi pelo y yo lo sacudí hasta que cayó sobre mis hombros en suaves ondas. Sus manos recorrían todo mi cuerpo y me enviaban descargas de impaciencia. Me empiné para besarlo, pero me rechazó negando mi beso. A cambio, se sonrió y se inclinó para besarme el cuello, las puntas de los senos y luego el sexo.

Sentí que me humedecía con sus caricias. Cuando se paró, me apreté fuertemente contra él y sentí todo lo largo que era contra mi pierna. Cuando le susurré al oído que lo amaba, esto lo puso más caliente.

Me dijo que me amaba y que agradecía el estar conmigo y, de pronto, comenzó a desabotonar la chaqueta de mi esmoquin, debajo de la cual yo estaba desnuda.

Cuando desabrochó el último botón y se abrió la chaqueta, su shock fue evidente pues me miró con un deseo que nunca antes había visto en él. Con rudeza, con más rudeza de la usual, pasó el brazo por mi cintura, bajó su cabeza hasta mis pezones, los chupó, les pasó la lengua rápidamente y casi me lleva al orgasmo ahí mismo. Sentí como que iba a caer de rodillas, si él no me estuviera sosteniendo tan fuerte, cuando su boca finalmente encontró la mía.

Exploró profundamente con su lengua. Tomó mi cara entre sus manos, y se abalanzó sobre mí hasta el punto que sentí su alma pasar a través la mía. Me sostuve en sus fuertes brazos y traté de envolver sus exorbitantes hombros con mis brazos, pero fue imposible. Tan ancho era.

Mientras me besaba, bajó la mano y desabrochó mi pantalón, del que yo me desembaracé. Comenzó a agacharse, pero lo detuve y, en su lugar, desabotoné rápidamente su camisa. Se la arranqué y la lancé al piso. Admiré su cuerpo por un momento, pasé mis manos suavemente por su pecho sin pelo, y luego a lo largo de sus marcados abdominales, que eran tan fuertes que no parecían reales. Comenzó de nuevo a agacharse, pero lo detuve.

—Tus jeans —dije.

—¿Quieres que me los quite?

—Sí.

—Entonces quítamelos.

Le desabroché los cinco botones, separé los dos lados de los jeans y me sorprendió descubrir que estaba desnudo debajo de ellos, por lo general usaba boxers. Pero no esta noche. Su pene, lleno y duro, era demasiado grande para estar en plena erección. En cambio, cuando me agaché para quedar de frente mientras lo ayudaba a quitarse los pantalones, este colgaba largo y pesado entre sus piernas.

Miré su miembro y lo vi palpitar. Quería ponerlo en mi boca, pero más que nunca, quería disfrutar este momento. Entonces no hice nada, me quedé parada, y con un abrazo aplastante, me presionó contra sí hasta que su boca encontró la mía. Sin avisar, me levantó en los brazos como si no pesara nada y me llevó hasta su alcoba, donde me tendió sobre la cama extra doble.

La alcoba estaba en penumbra, pero no a oscuras. Podía verlo encima de mí. —Vamos —dije—. Déjame ir primero. Yo sé cómo te gusta.

—Ni lo sueñes.

Rápidamente, se arrodilló al borde de la cama, me quitó las bragas y comenzó a acariciarme con la lengua. La pasaba tan suavemente sobre mi clítoris que esto era como una agonía. Sin poder soportarlo más, levanté los pies, presioné los talones contra sus nalgas y lo empujé hacia mí para que su lengua se deslizará más profundamente dentro de mí.

Fue casi demasiado. Mis ojos se volvieron hacia el techo. Sentí que un calor me envolvía y luego apreté los ojos mientras su lengua entraba y salía de mí como en una danza continua que no paró hasta que me vine con un estremecimiento.

Con entusiasmo, se incorporó y me penetró con un empellón profundo que me hizo recuperar el aliento y gemir suavemente de dolor. Aunque me había preparado para esto, yo no estaba aún acostumbrada a lo largo y ancho que era, y mentiría si dijera que no me dolió. Pero era un dolor delicioso, ese dolor que excita, y me entregué a él.

Presionó sus labios a un lado de mi cuello y me besó, esto siempre me mataba, porque a esta hora de la noche ya comenzaba a crecerle la barba sobre su labio superior y barbilla. Esto me envió un corrientazo potente y hormigueante que me disparó al borde del clímax.

Con habilidad, me mantuvo allí en una prolongación casi imposible de éxtasis. Pasé mis brazos por su espalda y lo mantuve cerca de mí. Nos mecíamos y yo doblaba la espalda mientras él me llevaba al orgasmo una y otra vez, manteniéndonos muy cerca mientras cambiábamos de una posición a otra.

—Lisa —me dijo al oído.

—¿Sí?

—Te amo.

—¡Oh, Dios mío...!

—¿Tú me amas también?

—¿Es eso una pregunta?

—Sí.

—Te amo más de lo que te imaginas.

Con una rapidez que me sorprendió, dio la vuelta en la cama, tiró las sabanas lejos y me montó a horcajadas presionando firmemente con sus manos las mías contra el colchón.

Su miembro yacía pesadamente sobre mí. El brusco cambio de posición me dejó sin aliento, pero entonces, con la luz de la ciudad bajo la luz de la luna, vi el deseo reflejado en su rostro y sentí la necesidad de su tacto.

—Espero que no estés cansada, —dijo—. Porque vas a estar despierta por horas.

—Tank...

—Sé que has tenido un día largo. Sé que ha sido difícil. Pero ¿en este momento? En este momento, vas a ser liberada de todo eso. Te voy a dejar relajada y agotada. Me voy en pocos días. Te voy a dejar algo que recordar durante las próximas dos semanas. Me voy a cerciorar de que no te olvides de esta noche, que te vas a masturbar pensando en esto cuando me vaya. Igual que yo. Esta noche va a marcar nuestras fantasías. Ya verás.

Me besó suavemente en la boca y luego con más fuerza, hasta que apenas pude respirar. De nuevo sentí la barba incipiente en su barbilla que me raspaba la mejilla y luego el cuello, mientras seguía explorando más abajo. Su lengua me saboreaba y sus labios me cubrían. Unos murmullos salían de su garganta hasta que encontró uno de mis pezones y lo tomó en su boca.

Sentí que mi cuerpo no podía soportar más, lo cual era patético. Me retorcí bajo sus caricias y luché contra ellas cuando él bajó su boca a mi oído, rozó su torso suavemente contra mis pezones y comenzó a refregarlos contra los suyos mientras murmuraba todo lo que estaba por hacerme.

Fue demasiado. Era una sobrecarga de sensaciones. Luché contra él, pero me dijo que era en vano. Una y otra vez, sus pezones rozaban contra los míos. Una y otra vez, me decía cosas impensables. Una y otra vez, me llevaba hasta un filo que no sabía que existiera, al menos no así de fuerte. Este filo era cortante. Era crudo e inesperado. Hundió la barbilla y refregó su barba incipiente contra mi piel desnuda, dejándome retorciendo en la cama, sintiendo que iba estallar.

—Tank —dije.

No respondió. Siguió haciendo lo que estaba haciendo. Los mismos movimientos, una y otra vez. A veces, apenas me tocaba, lo cual me parecía lo más cruel. Quería sus manos sobre mí, pero parecía decidido a negármelo. Era tan parecido a una tortura que me daban ganas de abofetearlo.

Fue en ese punto que me volví loca. Sentí que no podía contenerme más. Quería golpearlo por lo que me estaba haciendo. Quería flotar sobre mi cuerpo y mirar desde el techo para ser testigo de lo que me estaba haciendo. Quería escaparme. Quería quedarme. Pero, sobre todo, quería venirme.

Y entonces, con un mordisco inesperado y fuerte de uno de mis pezones, me vine.

Grité con tal placer que quedé temblando aun después de haber terminado. Me quedé echada ahí, estremeciéndome. Sin creer el poder de lo que acababa de experimentar, lo miré a él y luego a la oscuridad del techo donde había estado hace un momento. Habíamos hecho el amor muchas veces desde las vacaiones, pero esta noche había superado mis expectativas.

Claramente, tenía más en mente. Claramente, estaba decidido a terminar mi día en una nota mejor, más amorosa.

—Fue increíble —dije.

—Esto es apenas el principio. Te dije que cuando me haya ido te vas a acordar de esta noche, vas a pensar en mí y vas a llegar al orgasmo tú sola, al igual que yo.

Con la boca serpenteó hacia abajo, desde mi pecho hasta el vientre y luego separó mis piernas levemente. Dudó y después apartó mis piernas de par en par. Su cabeza se perdió de vista, pero podía sentir su lengua deslizarse dentro de mí. Arqueé la espalda. No podía creer cuán abierta podía llegar a ser con un hombre. Lamía mis pliegues húmedos, los besó con los labios carnosos y los golpeteó con la lengua. Los saboreó por un rato antes de pasar a mi clítoris para cubrirlo con la boca y succionarlo hasta que volví a gritar de nuevo.

—¿Qué me estás haciendo? Nunca había sido así.

—Es porque lo estaba haciendo con calma contigo hasta ahora.

—Es demasiado.

—Tú lo has dicho. Y eso que no ha comenzado todavía.

Oí que escupía en sus manos y supe lo que significaba. Se estaba lubricando. Me iba a follar de nuevo. Pude sentir su brazo que se movía hacia adelante y hacia atrás. Levantó un poco mi cadera y sentí la punta de su miembro presionarse contra mí. Y después, me embistió haciéndome jadear. Nunca había visto esta faceta de él. No tenía idea de que tuviera esos dotes en la cama. Sabía exactamente lo que estaba haciendo, probablemente porque sabía que el gran tamaño de su pene podía causarme un gran dolor o un gran placer.

Me penetró más profundo, haciendo que me acurrucara y me agarrara de sus hombros mientras él bombeaba dentro de mí.

Su ritmo era continuo y fuerte. Nunca se apartó de mí. Absorbí cada empujón de la cama con una mezcla de dolor y placer, sobre todo este último. Gracias a Dios por este último. Me fundí dentro de él y comencé a unirme a sus empujones. Cuando estaba locamente excitada, mi cabeza se arqueó hacia atrás y me vine otra vez y otra vez.

De alguna manera, los dos llegamos al orgasmo y la luz tenue de la habitación se oscureció. Me puse las manos en la cara mientras él seguía empujando rítmicamente dentro de mí, y sentí como si flotara en el aire, como separada de mi cuerpo. Flotaba fuera de mí misma, lo que no tenía sentido porque estaba aferrada fuertemente a él como apoyo. Me agarré tan fuerte de sus hombros que me doblé físicamente sobre él, pero mi cabeza y mi corazón, y mi cuerpo, estaban en las nubes. Estaba en otra parte. Pero él seguía empujando y empujando. Su cabeza bajaba para chupar mi pezón, o se levantaba para hundir su boca contra mis labios o mis oídos, mientras que su sudor goteaba sobre mí. Era como una máquina, precisa y eficiente. Sin agotarse, me penetraba comprobando siempre mi expresión para cerciorarse que estaba con él y que estaba disfrutando. ¿Cuánto podía durar? Él acababa de venirse. Ciertamente, no podía seguir así por mucho más tiempo.

Pero estaba equivocada, duró más de lo que esperaba. Treinta minutos más tarde, cuando su cuerpo finalmente se estremeció, se vino con un rugido, sus labios se apretaron contra mi garganta, me di cuenta de que no tenía idea con quién me enfrentaba. Pensé que durante las últimas dos semanas había aprendido de lo que él era capaz en la cama. Estaba muy equivocada, era embarazoso. Era más talentoso de lo nunca me hubiera imaginado. Pero esta noche me hizo sentir como una novata. No era que me importara mucho.

— Vuélveme a tomar —dije—. No quiero que esto se detenga, especialmente si me vas a dejar pronto. Dos semanas es mucho tiempo. Hazme de nuevo el amor, Tank.

De alguna manera, lo hizo. Volvió a tener una erección en lo que parecieron segundos. Entonces, se deslizó dentro de mí y me montó, me movió de un lugar a otro de la cama en nuevas posiciones que nunca imaginé fueran posibles, hasta que no supe dónde estaba o quién era.

Pero sabía que estaba bien. Sabía que yo era suya y que él era mío. Y supe en el fondo de mi ser, mientras él empujaba dentro de mí y me murmuraba cosas que estaban llenas de verdad, deseo y pasión, que ahora no había punto de retorno para nosotros. Estaba profundamente enamorada de él. Y yo sabía que, en este punto, él también lo estaba de mí.

Por más intenso que fuese en la cama, nunca desconfié de él. Parecía saber de una manera intuitiva cómo posicionar su cuerpo para que yo disfrutara del máximo placer.

Seguimos haciéndolo tan entrada la noche que vi amanecer por las ventanas enfrente de mí. Y cuando me vine de nuevo, mi cuerpo agotado por las convulsiones de otro orgasmo, él también se vino.

Por un momento, nos quedamos quietos, recuperando el aliento. Luego, se apartó suavemente, me volteó hacia el lado y me envolvió con su brazo por la cintura. Eché un vistazo al reloj despertador. Ya casi era de mañana. Pronto, tendría mi primera reunión con Marco Boss, y después de esta noche estaba segura de que o iba a estar radiante cuando me reuniera con él o, por el agotamiento, había posibilidades de que fuera un fracaso.

CAPÍTULO SEIS

Cuando salió el sol, desperté y me estiré buscando a Tank, pero ya no estaba en la cama.

Sobresaltada, miré la hora en el reloj de la mesa de noche y viendo que sólo eran las cinco pasadas, sentí un alivio.

Fue en ese momento que sentí el olor de café recién preparado.

—¿Tank? —llamé.

—En la cocina. Ven y me acompañas.

¿Acompañarte? Pensé. *Después de anoche, sé que parezco un desastre. Nadie me va a ver así.*

—Dame dos minutos.

—Toma tu tiempo. Sólo estoy tostando un par de *bagels* para nosotros. ¿Quieres algo más? ¿Huevos?

—Un *bagel* es suficiente.

—Bueno. Si te vas a reunir hoy con ese hijo de puta de Boss, vas a necesitar mucha energía.

Fui desnuda al baño, examiné el desastre y entrecerré los ojos para verme con total y absoluto desaliento.

El pelo estaba enredado. En algún momento anoche, parece que perdí las dos pestañas postizas, vaya uno a saber dónde estaban ahora. Seguramente pegadas en alguna parte de Tank. Por la cantidad de rímel que Bernie me había echado, me veía como si me hubieran dado un puñetazo en cada ojo y el labial esparcido alrededor de la boca me hacía ver, todavía más, como si hubiera estado en una pelea.

No podía permitir que Tank me viera así, pero tampoco quería que pensara que el arreglarme no requería de esfuerzo. Así que, rápidamente, usé el baño, me lavé de prisa la cara, me peiné el pelo con un cepillo que encontré en un cajón y luego lo até en una coleta detrás de la cabeza. Usé el enjuague bucal que había encontrado la noche anterior y luego me eché un vistazo en el espejo. Con esto podía lidiar.

Ahora, algo para ponerme.

En su alcoba, encontré una de sus camisas de leñador colgada en un armario y me la puse. Me quedaba tan grande que parecía que tuviera un camisón de dormir. Entré de vuelta al baño y me sorprendió ver que lucía bastante mono.

Cuando me acerqué a él en la cocina, vi que sólo llevaba los boxers, que se le ajustaban perfectamente y no dejaban nada a la imaginación.

—Mírate —dije.

—Mírate a ti.

Su pelo rubio estaba despeinado y tenía un aire de cinco de la mañana que lo hacía ver más que sexi. Aunque en el cuerpo no tenía vello, podía dejarse crecer una barba abundante. No lo había visto así antes y decidí que me gustaba.

—¿No te pones nada por las mañanas? —pregunté.

Él señaló sus boxers. —Me pongo esto.

—¡Pero es enero!

—Creo que la calefacción está prendida.

—¿Es por eso? ¿O estoy comenzando a sentir calor?

Me sonrió. —Me puedo poner una camiseta.

—No sé si sería mejor o peor. Continúa —dije—. Me iré despertando lentamente mientras te miro.

—¿Café?

Me senté en la barra para el desayuno. —Por favor. En un goteo intravenoso, si tienes uno.

—¿Dura la noche?

—Muy gracioso. Pensé que te conocía. ¿Qué fue lo que pasó anoche?

—Fue sólo el comienzo.

—¿Aún tienes más repertorio?

No me respondió, pero pude ver un brillo en sus ojos. Ya me tenía lista una taza de café y lo preparó como me gustaba, negro. Ya había pasado suficientes noches aquí como para que lo supiera, pero él nunca había cocinado para mí. Aparentemente, antes de salir para Singapur quería esforzarse. Se lo agradecía. Me sentía muy afortunada.

Me alcanzó un plato con un *bagel* con crema de queso. —Algo ligero.

—Algo perfecto.

Se sentó a mi lado. —Me alegro de que estés aquí, Lisa.

—No te quiero presionar, pero no me imagino no tenerte aquí durante dos semanas. Me va a matar.

—Lo vamos a sobrellevar. Nos comunicaremos por Skype, nos enviaremos textos o hablaremos por teléfono. Creo que los dos vamos a estar tan ocupados que el tiempo va a pasar muy rápido.

—Espero que tengas razón.

—Espero que sí, yo también. ¿Disfrutaste anoche?

—Me gustaría repetir esto varias veces antes de que te vayas.

—Eso puedo hacerlo.

—Y yo también. No es de un solo lado, tú sabes. Parece que anoche fue todo para mí. No me dejaste hacer nada.

—Quería atenderte.

—Nunca habías sido así.

—Sólo te revelé una parte de mí anoche. Me he estado preparando para este momento.

Dios, lo amo.

—Pero necesito tener mi turno —dije.

—Tal vez puedas tenerlo esta noche.

—De acuerdo, entonces aguárdalo.

—¿A qué hora es tu cita con Boss?

—A las dos.

—Bueno. Entonces tienes tiempo de sobra para ir a casa y ponerte algo que le complazca a él, si es que eso es posible.

—¿Crees que va a ir así de mal?

Se volteó a mirarme y en su rostro se entreveía la tensión. —Nunca te mentiría. Me gustaría que te hubiese tocado otra persona. Él no me agrada, nunca me ha agradado. Es arrogante y puede ser cruel, como te diste cuenta ayer. Pero también sabe que eres la mejor amiga de Jennifer, que además es la prometida de Alex. Entonces, si estoy en lo cierto, podrían pasar dos cosas. Puede ser despiadado contigo porque sabe que puede conseguir otro trabajo como editor en cualquier otro lugar con sólo hacer un par de llamadas. O, puede ser duro contigo, pero a la vez listo y profesional. Te mostrará una sonrisa mientras va acuchillando tu libro. Pero si abusa de ti de una manera no profesional mientras que estoy ausente, espero que nos cuentes a Blackwell y a mí al respecto.

—No creo que pueda abusar de mí —dije—. Créeme. Si él me trata mal, puedo cuidarme sola. No me intimida.

—No lo dejes.

—No lo haré. Mis zombis se lo comerán.

Se sonrió mientras yo bebía mi café, pero su sonrisa no llegó a sus ojos. Estaba preocupado por mí. Podía verlo en su expresión. Después de no haber casi dormido, le agradecía que se preocupara por mi, y sabía que tenía suerte de estar en una relación con él.

Cuando terminamos los *bagels*, me preguntó si quería otro o algo más, pero ya estaba llena. Me incliné y le di un beso en la mejilla. —Estoy bien —dije—. Gracias.

—No, gracias a ti.

—¿Por qué?

—Por ser tú misma. Por estar conmigo. Sé que fue un comienzo frio, lo siento. Así soy yo. En parte, por lo que he pasado. Necesitaba confiar en ti completamente antes de seguir adelante. Y confío en ti absolutamente, Lisa.

Apreté su rodilla.

—Son apenas las cinco y veinte —dijo—. Y tengo que estar en la oficina a las nueve. Preparé el café por una razón nada más, sabía que te iba a despertar. Y te di una buena porción de carbohidratos para que tengas la energía que necesitarás.

—¿Para Boss?

—No sólo para Boss.

Entendí lo que quería decir. —¿Me tendiste una trampa?

—¿Está mal?

—Déjame ver. Hmmm. No.

—Pensé que después de desayunar, tendríamos un par de horas para nosotros. ¿Qué dices? Sé que lo de anoche para la mayoría sería demasiado, pero, sabes, tú eres fuerte. ¿Por qué no un poco más?

Puse la mano sobre su hombro. —Eres un hombre astuto. —Me levanté—. Sólo que ahora soy yo la encargada de dirigir el espectáculo.

—¿Sí crees?

—Tú llevaste las riendas anoche. Esta mañana es mi turno.

Inclinó la cabeza hacia un lado, tomó mi mano y la puso firmemente entre sus piernas, donde pude sentir su erección. —¡A jugar! —dijo—. Déjame ver qué tienes.

En la alcoba, le mostré lo que tenía, hasta el punto de que los dos nos vinimos dos veces antes de que él tuviera que salir corriendo para el trabajo y yo tuviera que ir a casa para estar lista para la reunión con Marco Boss.

CAPÍTULO SIETE

Cuando salimos del edificio de Tank y nos internamos en el profundo frio de enero, un auto nos esperaba para llevarme a mi casa y dejar a Tank en Wenn.

Todo lo que tenía para ponerme era lo mismo que llevaba el día anterior, pero estaba bien. Me eché el abrigo por encima y rápidamente entré al auto. Tank venía detrás de mí y pronto estuvimos en el 800 Quinta Avenida donde Jennifer y yo seguíamos compartiendo uno de los apartamentos del último piso.

Alex le había pedido a Jennifer que se mudara con él en Año Nuevo, pero, aunque pasaba casi todas las noches con él, no había accedido porque quería esperar hasta casarse para compartir realmente un apartamento. Así era ella y se lo agradecía. El comprometerse a vivir en el apartamento significaba vivir con mi mejor amiga algunos meses más. ¿Era egoísmo? Por supuesto. Pero no podía imaginar vivir sin ella, al menos no en este momento.

Me preguntaba si ella iría con Alex a Singapur. Era totalmente posible, pero no tenía idea. Tank solo se enteró ayer y yo no había hablado con Jennifer desde entonces. Si no se marchaba, disfrutaríamos por última vez de la ciudad durante estas dos próximas semanas antes de que se casara con Alex en julio. Si se marchaba, me quedaría sola en la ciudad, a excepción de Blackwell.

Al menos la tenía a ella.

—Eso es todo, —le dije a Tank cuando el conductor se acercó a la entrada—. Por cierto, no te pregunté, ¿va Jennifer a Singapur con ustedes?

—Sí, ella viene.

—Voy a estar terriblemente sola.

—Lo lamento —dijo.

—Como dijiste, vamos a estar los dos ocupados. Estoy siendo egoísta. —Apreté su mano—. Bueno, tengo que irme. Tienes que ir al trabajo.

—No permitas que Boss se te meta en la cabeza.

—Si es justo y mejora mi novela, podré soportar las críticas, pero no el abuso si es tan estúpido como para intentarlo. Es una promesa. Ahora, dame un beso. Te ves muy apuesto con ese traje. Como Jennifer, parece que tengo un fetiche con los trajes y con los jeans 501, tal vez. Los dos me excitan. — Puse mi mano en su mejilla—. Sé que todo es muy reciente entre los dos, pero gracias por darme la oportunidad.

Me besó en los labios. —Y yo, que pensé que nunca me ibas a dar una oportunidad. Mira, yo quería mencionar algo, pero no te pongas nerviosa. ¿De acuerdo?

—De acuerdo...

—Creo que deberías dejar algo de ropa en mi apartamento y yo también en el tuyo, quizás. Tengo mucho espacio para cosas de tocador. Sé que tienes que alistarte por las mañanas, y sentí que esta mañana seguramente querías ponerte ropa limpia y todo lo demás que necesitas para ello. Yo sólo necesito un cepillo de dientes, una máquina de afeitar, desodorante y algo de ropa. ¿Crees que podemos hacerlo?

Lo tomé en los brazos y lo besé. —Podemos hacerlo — dije—. Gracias.

—Es lo lógico.

—En realidad, es muy sensato.

Lo besé de nuevo, nos sonreímos y, después, yo ya estaba afuera, en el aire estimulante. Me eché el abrigo por encima mientras caminaba entre la multitud en la acera. Entré al edificio con cierta alegría y tomé el ascensor a mi apartamento.

Una vez ahí, comencé a prepararme mentalmente para la reunión con Marco Boss.

A MEDIODÍA Y EN PLENO ataque de pánico llamé a Blackwell.

—No sé qué ponerme hoy, —dije cuando ella contestó.

—¿Qué eres? ¿Una niña? ¿Una niñita torpe?

—No, es sólo que no sé qué ponerme para la primera reunión en persona con Boss.

—Claro que lo eres. Te interesa más lo que los muertos vivientes se pondrían que lo que tú deberías ponerte.

—Ellos son mis personajes. Pero no son yo, claro está.

—¿Personajes, Lisa? ¿Personajes? Tu gente come gente.

—No tienen alternativa. Es algo compulsivo. Como la alta costura y las compras para ti.

—¡Ni trates de aplicar psicología conmigo!

—No lo estoy haciendo. Bueno, no realmente. Sólo necesito que me de una mano.

—Ayer Gisele me hizo manicura y pedicura. ¿Crees de verdad que te voy a dar una mano? Están arregladas. Fantásticas. Tienes que verlas. Divinas.

—Tiene que ayudarme. Estoy totalmente bloqueada.

—¿Por qué estás tan necesitada?

—Porque quiero causar una buena impresión. Quiero impresionar a ese hijo de puta cuando lo vea hoy. Quiero que sienta con sólo un vistazo que no está tratando con una maldita novata, y que por lo tanto no me puede tratar como tal.

—Querida, de todas formas, lo hará.

—Pero no quiero darle un motivo.

—Bueno —dijo—. Por lo menos, podemos ensayar.

—¿Entonces qué me pongo? La cita es a las dos.

—No tengo la menor idea de lo que hay en tu closet.

—Tengo unos trajes de oficina realmente fabulosos que compré en Century 21...

—¡Para!

—Sé que detesta esa tienda porque vende ropa de diseñadores en descuento, pero no tengo dinero, Bárbara. Por lo menos por el momento. Es obvio que es donde tengo que comprar en este momento. ¿Y adivine qué? Encontré un traje fantástico de Marc Jacobs que estoy pensando en ponerme. Revise su correo electrónico. Le acabo de mandar un enlace con una foto.

—Está bien. Envíalo. Dame un minuto. Bueno, aquí está. Por Dios, no quiero abrir ese enlace. Va a ser una escena de horror, lo puedo sentir en los huesos.

—Abra el enlace.

—Si me encuentran muerta en el piso, diles a mis hijas que las quiero.

—¡Oh, por favor!

—Estoy abriendo el enlace. Muerte inminente.

Y se quedó callada.

—¿Dónde lo conseguiste? —preguntó.

—En Century 21.

—Es un traje de cuatro mil dólares. ¿Cómo pudiste pagarlo?

—Lo compré por trescientos dólares.

—Imposible. Debe estar plagado de manchas.

—No tiene.

—Se debe estar descosiendo.

—No lo está.

—Seguro tiene un olor raro.

—Para nada.

—Entonces es una imitación.

—No lo es.

—Ya veremos, porque esto, este traje por trescientos dólares, no puedo creerlo.

—La voy a volver creyente.

—Nadie ha podido hasta ahora. Pero si lo que dices es cierto y tu traje no parece como si lo hubieran sacado de una máquina de moler carne, tengo que decir que no sólo es fabuloso sino profesional, que es lo que necesitas cuando te encuentres con Boss. Él es un esnob, Lisa. No tengo necesidad de decírtelo.

—Estoy de acuerdo.

—Si no estás vestida correctamente, él va a pensar "es una editora independiente", lo que obviamente es una mala palabra para él y para todos los que están en el medio editorial tradicional. Tenemos que probarle que está equivocado. Tú no eres una autora pobretona, fracasada, que está buscando un respiro. De hecho, Wenn te buscó por el éxito de tus ventas pasadas y está esperando que Boss las aumenté aún más con los libros impresos. La publicación tradicional está cayendo. Las librerías se están cerrando. Antes de que las cierren todas, te necesitan más de lo que tú los necesitas a ellos.

Y esa era la perspectiva que yo necesitaba. —¿Le gusta el traje?

—Me gusta. ¿Con qué zapatos te lo vas a poner?

—Jennifer y yo calzamos lo mismo. Me dijo que podía usar lo que quisiera.

—Eso quiere decir que puedes ponerte los Dior sin talón que compré para ella. Ponte esos. ¿Y las joyas?

—¿Me pongo joyas en una reunión así?

—Querida, por favor. Se llaman 'joyas para el día' y Jennifer tiene bastantes de esas. Son para dar un toque. Boss se va a dar cuenta de eso inmediatamente. ¿Jennifer te presta cualquiera de esas?

—Claro que sí.

—Entonces busca la gargantilla con diamantes que Alex le regaló. Parece sencilla, pero tiene cincuenta quilates. Lo mismo que el brazalete, es perfecto para una primera reunión. Para redondear, una sorpresa. Escoge el anillo de diamante amarillo canario de diez quilates que Alex le regaló. Irá bien con tu pelo y será el tipo de anillo de compromiso que Boss no puede dejar de notar. Te lanzará a otro nivel con él, lo que creo que necesitas.

—¿Y el pelo y el maquillaje?

—Un maquillaje suave. Es en la tarde, después de todo. Sólo quieres un toque. Siempre recuerda esto, cuando se trata de ropa y maquillaje, no hay nada peor que un drama nocturno a plena luz del día. En cuanto a tu pelo, yo lo llevaría un poco volteado en los hombros. Un poco de lápiz labial. Lleva la Birkin roja de Jennifer. Ya la vi hoy y sé que no la está usando, así que tiene que estar en alguna parte en ese apartamento horrendo de ustedes. Seguramente perdida entre una pila de ropa sucia, conociéndolas a ustedes dos.

—Gracias, Bárbara.

—Ven a verme antes de verlo a él —dijo—. Tengo que evaluarte.

—De acuerdo.

Y luego, la llamada se cortó.

CUANDO LLEGUÉ A WENN en taxi, le pagué al conductor, me filtré entre la multitud por la acera, y entré al edificio donde tomé el ascensor hasta el piso cincuenta y uno. Me quedaban sólo treinta minutos antes de mi cita con Marco Boss y estaría mintiendo si dijera que no estaba nerviosa.

Cuando entré a la oficina de Blackwell, ella levantó la vista y me señaló con el dedo.

—Bonito pelo —dijo—. Buen maquillaje. Ahora quítate el abrigo y déjame ver el resto—. Puso las manos sobre el escritorio y se aferró a él. —Ahora me voy a preparar.

Miré hacia arriba, dejé la Birkin en la silla enfrente del escritorio y me quité el abrigo que ella me había comprado. Cuando lo hice, ella inmediatamente se paró de la silla.

—Bueno, bueno, —dijo mientras daba la vuelta al escritorio para estudiar lo que yo llevaba puesto—. Una línea bonita. No es una imitación, es original. Me daría cuenta al instante si fuera una imitación. Los pantalones tienen el largo adecuado. Voltea. Bien. Voltea para el lado. Perfecto. Ahora párate al frente. —Cruzó los brazos y levantó el mentón—. El traje te queda sorprendentemente bien a pesar de que Dios te robó y te dejó sin senos.

—Tengo senos.

—Si insistes.

—Sí. Puede que no sean como los de Jennifer, ¿quién puede competir con ella? Pero ahí están. —Decidí lanzarme a matar—. Y Tank puede incluso jugar al motorcito conmigo.

—¿Puede qué?

—Jugar al motorcito.

—Yo no sé qué es eso.

—Tal vez es porque no ha vivido realmente.

—Es una vulgaridad, ¿no?

—En realidad, se siente fabuloso. Divino.

Sus ojos se agrandaron. —¿Es algo sexual?

—Claro que sí...

—¡Basta! Tú sabes que no tolero ese tipo de conversaciones. Jugar al motorcito. No me interesa saber qué es. Suena como algo que harían en uno de esos *reality shows* montañeses que ahora están destruyendo nuestra cultura.

—Digamos que necesita un par de tetas para que funcione.

—Mi querida —dijo—. Un par de tetas que no tienes. Pero si Tank las disfruta tal y como son y tú estás convencida de que son suficientes, que así sea. Déjame ver los zapatos. —Extendí una de las piernas y volteé el pie.

—*J'adore* Dior —dijo—. Lo mismo con las joyas y el bolso. Boss no es ningún tonto. Sabrá qué es lo que te propones, pero también se acordará de Jennifer cuando los vea y pensará en su jefe, Alex. Le estaremos enviando una llamada de atención con esas joyas y el bolso. Además, te ves completamente diferente a la última vez que te vio, seguramente una ventaja para él. Yo creo que va a picar el anzuelo, escogerá sus palabras con cuidado y será moderadamente amable.

—No lo fue el otro día.

Se pasó la mano por el peinado. —Ya le deben de haber llamado la atención. Bueno, es hora de que te vayas, no querrás llegar tarde. Deja tu chaqueta aquí. Lleva la cartera. Ármate con ella. Tómala de tal forma que sea lo primero que él vea. Quiero un informe detallado después de que termine la reunión.

CUANDO EL ASCENSOR se detuvo en el piso veintiuno y las puertas se abrieron, salí a un espacio que era mucho más tranquilo que el piso de Blackwell. Me acerqué a una mujer mayor que estaba detrás de un escritorio y que me recordó de alguna manera a la misma Blackwell, aspecto severo, impecablemente vestida y con una mirada desconfiada en sus ojos.

Se quitó sus anteojos de marco rojo y dijo, —¿Puedo ayudarle?

—Estoy aquí para ver a Marco Boss.

—¿Al señor Boss?

—Correcto.

—¿Su nombre?

—Lisa Ward.

—Oh —dijo—. Oh, sí. La escritora independiente.

Dijo esto como si se tratará de un tipo de enfermedad.

—Esa soy yo.

Su mirada pasó de los diamantes en mi garganta, luego al Birkin de Jennifer y finalmente a mi traje. —¿De verdad? —dijo—. Independiente. Esto sigue siendo tan nuevo para nosotros aquí. Qué mundo feliz en el que vivimos ahora. Déjeme llamar al señor Boss y ver si está disponible para verla.

—Tengo una cita para reunirme con él.

—Como le dije, voy a ver si está disponible para verla. Puede que esté ocupado y tenga que cancelar su cita. Eso pasa. —Señaló la pared de enfrente—. Puede esperar de pie ahí.

Bueno, esto está agradable.

—¿Señor Boss? Lisa Ward quiere verlo. ¿Sí? No, está aquí parada. De hecho, está de pie contra una pared. Le diré. Gracias.

Me miró, y me di cuenta cómo el anillo de diamantes en mi mano derecha había captado su atención. Se quedó mirándolo un momento antes de que levantara la vista y se dirigiera a mí. —El señor Boss vendrá a buscarla. Sólo espere ahí.

No tuve que esperar mucho tiempo. A mi izquierda, escuché que me llamaban con una voz baja que parecía reverberar por todo el lugar.

—Lisa —dijo.

Me volteé y vi a Marco Boss, con sus casi dos metros, doblando una esquina y venir en mi dirección. Estaba vestido mucho más informal que yo, jeans oscuros, una camisa blanca de botones y una chaqueta azul que se ajustaba a su enorme pecho y cintura delgada.

Mientras caminaba hacia mí, traté de leer su rostro, pero era, de hecho, ilegible. No había siquiera un asomo de sonrisa en sus labios, o un rastro de expresión que mostrara cuánto, aparentemente, lo había desilusionado ayer cuando le dio su pequeña rabieta por la forma en que Bernie y Blackwell me habían arreglado para la sesión de fotos.

—Me alegra verte —dijo cuando tomó mi mano para saludarme.

—¿Es verdad?

—Sí.

—Pensé que era lo contrario.

Ignoró mi comentario. —Bienvenida a Wenn Publishing. ¿Supongo que ya conociste a Beatrice?

—¿Perdón?

—Beatrice.

—No sé quién es.

—Yo soy Beatrice —dijo la mujer detrás del escritorio.

Había sido tan grosera conmigo hace un momento que decidí devolvérsela. Miré a Marco. —Yo me presenté, pero ella no lo hizo. En lugar de eso, me dijo que quizá no tendrías tiempo para mí y que debía pararme contra esa pared mientras ella averiguaba. Entonces, no. No conozco a Beatrice. No oficialmente, al menos.

—El señor Boss es una persona muy ocupada —dijo ella.

—¿Muy ocupada para una escritora independiente?

—Yo nunca dije eso.

—Pero lo insinuó.

—Yo no hice nada por el estilo.

—Yo creo que ambas sabemos que eso no es cierto. Usted, después de todo, me dijo que me parara contra ese muro como si estuviera en tercer grado.

Antes de que pudiéramos decir algo más, Marco puso su mano en mi hombro. —Vamos —dijo—. Bea puede ser difícil, ¿no es así, Bea?

—No sabía quién era ella.

—¿Y eso le permite ser grosera? —le pregunté.

—No fui grosera con usted.

—Lo siento, no estoy de acuerdo. Si no hubiese firmado ya un contrato por cinco millones de dólares con Wenn, habría dado media vuelta y me habría ido.

Abrió los ojos. —¿Cinco millones...?

—Vamos a mi oficina y discutimos tu libro —dijo Marco—. Hay mucho de qué hablar. Tenemos apenas un par de semanas para darle forma antes de mandarlo imprimir. Tengo unas cuantas ideas. —Miró a Beatrice—. La próxima vez que venga la señorita Ward a una cita conmigo, ¿supongo que la vas a tratar como a mis otros autores?

La mujer se erizó. —Yo creo que lo hice.

Miré a Marco. —Si es así, cómo lo siento por tus otros autores.

—Mi oficina queda al final del pasillo y a la derecha.

Lo seguí por el pasillo y pensé de nuevo que era extrañamente tranquilo comparado con los otros pisos donde yo había estado. ¿Así es entonces una editorial tradicional? Yo esperaba un bullicio de actividad, no gente hablando en voz baja o por teléfono. Pero cuando lo pienso mejor, claro que tiene sentido, ¿no? Estaba rodeada de editores, redactores y correctores de estilo. Necesitarían tranquilidad para poder hacer su trabajo.

Marco se detuvo frente a la última oficina a la izquierda, levantó las cejas y me indicó que entrara. Naturalmente, tenía una oficina ejecutiva con vista a la Quinta Avenida. Era un día claro, soleado pero las ventanas que nos rodeaban estaban cubiertas por cortinas que diseminaban la luz. En el centro de la habitación, había una gran mesa de vidrio en forma de L. El manuscrito estaba en el centro con varios bolígrafos rojos al lado. A la derecha había un iMac y una lámpara de lectura, y a la izquierda un teléfono. Una pequeña pila de libros estaba arreglada contra el muro de la izquierda. A parte de eso, no había desorden.

—¿Puedo recibirte el bolso?

—Por supuesto. —Se lo pasé, y cuando lo hice, se acercó lo suficiente como para poder sentir el olor de su colonia, tan masculina como él.

Traté de leer su expresión, que no era ni fría ni cálida. Nuestro encuentro de ayer había sido desastroso, pero no podía decir en dónde estaba con él ahora. En todo caso, estaba siendo educado y profesional, pero me preguntaba cuánto más duraría una vez comenzáramos a discutir mi libro.

—Toma asiento por favor, —dijo.

Tomé la silla al frente de su escritorio, me recosté y crucé las piernas.

Él tomó su propia silla, y vi su mirada detenerse en mí por un momento antes de serenarse. —Lamento lo ocurrido ayer —dijo—. Tuve una mañana de los demonios y me temo que me desquité contigo.

¿Te dijeron que te disculparas conmigo? Tenía que preguntarme. Bueno, por lo menos lo hizo y me alegraba comenzar con una nota más suave.

—No te preocupes. Estoy curtida en eso.

—Eso es bueno —dijo—. Porque también lamento que Blackwell sienta que te debe convertir en un payaso.

—¿En serio, Marco? ¿Vamos a volver a lo mismo? No lo voy a tolerar. Tienes que saberlo.

—Eres una mujer hermosa, Lisa. No tenías que venir vestida así para una sesión de fotos. No, si quieres que te tomen en serio como escritora. Y con seguridad no necesitabas tener esos diamantes en los labios, alguna gente se va a burlar de eso.

—Tomo muy en serio los consejos de Blackwell.

—Puede que quieras pensarlo de nuevo. Si fueras una escritora de novelas románticas podría entender por qué te viste así. Pero no lo eres. Tú escribes sobre mundos apocalípticos. Tú escribes ciencia ficción.

—Exactamente. El traje que tenía ayer era vanguardista. Los diamantes en mis labios eran como de otro mundo. Había un motivo detrás de todo.

—¿Podrías consultar conmigo en el futuro?

—Pienso que deberías preguntárselo a Blackwell.

—Lo haré. Ahora, tenemos que discutir tu libro y todos los problemas que le veo.

Y aquí vamos.

—¿Cómo cuáles?

—Como ya fue publicado no puedo hacer nada con respecto al título que es una vergüenza. Lo detesto.

—¿Qué es lo que te disgusta?

—No es comercial. No atrae mi atención.

—Pero llamó la atención de otros cientos de miles.

—Cierto. Pero, ¿'Yo, el zombi'? ¿De verdad? No me dice nada.

—El argumento principal del libro es que está narrado desde el punto de vista de un zombi. No estoy segura si alguien lo ha hecho antes. Cuando el protagonista, Marcus, se va convirtiendo en un zombi, tú sientes lo que él siente. Pasas por su muerte y finalmente su especie de renacimiento. A través de él, experimentas lo que es morir y cómo es su vida, si se puede llamar vida, después de la muerte. Este libro es sobre él y sus experiencias conscientes. Él no es ese cliché aburrido que ves en las películas y la televisión. Mi libro retoma el mito del zombi y asume que aún vive una persona adentro, alguien que sabe qué es lo que está haciendo, aunque le desagrade. Le confunda. Le aterre. Yo creo que el título se ajusta bien.

Levantó las manos. —Como dije, no hay nada que pueda hacer.

¿Entonces para qué estamos hablando de esto?

—Pienso que mi mayor preocupación con el libro es que el desarrollo que le has dado a Marcus no es tan robusto como pudiera ser. El libro comienza bien, pero luego pierde impulso en la segunda parte y se viene totalmente abajo en la última. Yo sugiero volver a escribir completamente la segunda y tercera parte, con unos buenos retoques a la primera.

Tamborileó con sus gruesos dedos el manuscrito al frente de él. —He revisado el manuscrito dos veces y escribí en rojo docenas de notas en los márgenes para que las tengas en cuenta. También escribí una nueva sinopsis del libro así puedes utilizar esas correcciones y cambiar el argumento del libro antes de que lo publiquemos.

—¿Compraste el libro y ahora quieres cambiarlo por completo? No entiendo. ¿Para qué comprarlo si no te gustaba?

—Porque le vi algo prometedor.

—Me pregunto si lo que realmente viste fue su potencial de ventas.

—Ciertamente esa fue una de las razones.

—Me gusta el desarrollo que toma el libro.

—Ese es el punto —dijo—. Ya no es tu libro. Ahora pertenece a Wenn Publishing Y tengo la última palabra sobre el último borrador. El posible problema para ti es que tenemos sólo tres semanas para terminar esto antes de enviarlo a los redactores y correctores de estilo y finalmente a impresión. Entiendo que no va a ser fácil, pero ese no es mi problema. Es el tuyo. Creo que estarás de acuerdo cuando veas las correcciones y cómo estas mejoran el libro.

Tomé aliento y traté de mantener la calma. ¿Tres semanas para reescribir mi novela? Ayer mencionó una reescritura, pero pensé que no hablaba en serio. Aparentemente lo hacía. —Este libro tiene más de quinientas páginas —dije—. ¿Cómo lo voy a reescribir en tan poco tiempo?

Se echó hacia atrás de la silla. —De nuevo, ese no es mi problema. Sugiero mucho café. Firmaste el contrato. Ahora tienes que cumplirlo.

—No hubiera firmado ese contrato si hubiera sabido que tendrías esos cambios tan radicales.

—Cierto, pero he hecho mis investigaciones, Lisa. Has sacado tres libros desde mayo pasado. ¿Es correcto?

—Así es. Todos best sellers.

—Y todos tienen más o menos la misma longitud, lo que me dice que eres prolífica. Tal vez muy prolífica, lo que me lleva a otro de los problemas que tengo con tu libro. En algunas partes siento que lo hiciste como a la carrera, como si estuvieras apresurada por publicarlo, posiblemente para tratar de mantener la entrada de dinero. Hay también errores de continuidad. Ya verás dónde marqué esas secciones en rojo. ¿Me gusta tu libro? Sí, pero con grandes reservas. Es un desastre. Hasta ahora, no ha sido editado. ¿Que si creo que con la guía adecuada podría ser un best seller que marque un nuevo nivel de novela apocalíptica? Quizás. Por lo menos vamos a intentarlo, aunque no estoy totalmente convencido de que tengas el talento para hacerlo porque eres aún una escritora joven. Tengo que preguntar primero que todo, ¿por qué razón lo publicaste tú misma?

Esta conversación sería una de aquellas. —Quería tener control sobre mi propio trabajo.

—Oh. Entonces pensaste que podías hacer todo por tu cuenta.

—De hecho, así ha sido. Y con éxito. Antes de que fuera retirado de Amazon y de otros sitios ayer en la tarde, el libro era un best seller. ¿Ignoramos eso? El libro estuvo durante diez días como el best seller número uno en Amazon. Estaba en el sexto lugar de la lista cuando lo retiraron. ¿Por qué habría de confiar en tus correcciones cuando el libro ha alcanzado tal éxito?

—¿Para ser honesto? Porque no tienes otra alternativa. El libro me pertenece ahora.

—Le pertenece a Wenn.

—Bueno. Wenn. Lo que sea. Pero yo soy tu editor. Fui yo el que te ofreció ese adelanto, entonces necesito que hagas tu trabajo e incorpores mis correcciones y los otros cambios que estoy proponiendo. El objetivo aquí es que mejores tu libro y tu escritura. Tienes un talento innato, pero te falta mucho para estar donde necesitas estar. Ahí es donde yo puedo ayudar. —Inclinó su cabeza hacia mi—. Espero que no seas muy sensible a las críticas porque puede ser un problema cuando veas mis correcciones y leas mi nueva sinopsis.

—Como dije, ya estoy curtida en eso. ¿Algo más?

Levantó el manuscrito y me lo entregó. —Sólo tu manuscrito. Y un montón de trabajo. —Me sonrió—. Buena suerte. Llámeme si me necesitas. Nos reuniremos una vez a la semana así puedo revisar tu progreso.

—¿Puedo simplemente enviarte por correo electrónico los capítulos revisados?

Se puso de pie y, de nuevo, su tamaño me impresionó, era tan grande como Tank. Lo que me mataba era que lo tenía todo, aspecto, dinero y poder. Rebosa macho alfa. Pero a diferencia de Alex, que es modesto con respecto a su dinero y cargo, Marco Boss, a pesar de que había estado calmado conmigo hoy, personificaba la arrogancia.

—No, nos reuniremos aquí. Beatrice programará las reuniones y te enviará un correo electrónico con el horario. Antes de las reuniones por la mañana, envíame los cambios por correo electrónico. Después los discutiremos personalmente.

—Está bien.

Dio la vuelta al escritorio y se inclinó contra él. Estaba incómodamente cerca de mí. Metió los pulgares en los bolsillos delanteros de los jeans y dejó que sus dedos jugaran con vaya uno a saber qué tenía empacado en ese pantalón, pero era algo considerable.

Se sonrió y asintió con la cabeza hacia la puerta. —Se te queda el bolso. Nos vemos en una semana.

CAPÍTULO OCHO

Como Blackwell quería un informe completo de mi reunión con Boss, fui a su oficina después de dejarlo. Cuando entré, le mostré el manuscrito corregido que había recibido y le hice un corto resumen de la reunión.

—Entonces, ¿fue cortés?

—Diría que se contuvo, con excepción, claro está, de cuando me llamó payaso.

—¿Te dijo así de nuevo?

—Oh, sí. Y reiteró que odiaba como estaba arreglada ayer. Se aseguró de que fuera consciente de ello. Como si pudiera olvidarlo. Dijo también que usted debía consultarlo en el futuro sobre cómo me voy a vestir.

—Al diablo que lo voy a hacer.

—Tendría que decírselo a él.

—Dalo por hecho. Con gusto.

Extendí el manuscrito. —¿Quiere echarle un vistazo a lo que me enfrento?

Lo tomó y lo hojeó. —Hay más sangre en estas páginas que la que hay en sus venas. ¿Hizo esto con tu libro? ¿Qué queda entonces? ¿Nada? Ni siquiera lo reconozco. ¿Qué espera que escribas? ¿El "Ulises" de los muertos vivientes?

—Yo no estoy para escribir sobre un mar pavoroso.

—A menos de que él esté ahí.

—De todas formas, eso es lo que él está esperando. Mire las notas. Quiere 'elevar mi visión apocalíptica a un nuevo nivel'. ¿Qué diablos quiera decir eso? Lo que sea. ¡Uf! Es por eso que me volví una escritora independiente. Ahora, ¿que si creo que algunas de sus correcciones serán útiles? Absolutamente. Pero esto me parece demasiado.

—Parece como si te estuviera tirando a los leones. Pero ¿por qué?

—Ni idea. Él fue el que quiso contratarme. Pero es lo que es, y yo tengo que ir a casa y ponerme a trabajar ya mismo.

Recogí mi abrigo y comencé a ponérmelo. Ya me sentía abrumada. En el ascensor rumbo al piso de Blackwell, hojeé el manuscrito para ver la cantidad de correcciones que me esperaban y sentí que las tres semanas que tenía para darle la vuelta a este libro y satisfacer sus expectativas sería el reto más grande de mi vida. No estaba segura de que pudiera hacerlo, y eso era ya una derrota. Estaba segura de que iba a fallar. Tenía la impresión de que él quería que fallara.

—No sé si pueda hacerlo —le dije a ella.

—Yo creo que puedes, pero ya te oí. Va ser difícil. Sabes que leí tu libro. Y te dije que me gustó muchísimo. Pero él ha cambiado gran parte de él. No entiendo por qué. ¿Para qué ha cambiado lo que no necesitaba ser cambiado? Estoy de acuerdo con algunas cosas que he leído en los márgenes. Tiene algunas ideas que valen la pena. ¿Pero esto? Esto es como para desquitarse por lo de ayer.

—¿Qué puedo hacer?

—Por desgracia, nada. El libro está ya en camino directo para su publicación. Sale a la venta en tres meses. Mañana, tu rostro sale a luz pública en Times Square durante seis meses consecutivos. Lo peor es que no estaba bromeando. El libro necesita su aprobación. Y sólo si él acepta lo que tú reescribas, pasará a los revisores y a una multitud de correctores de estilo antes de mandarlo imprimir. Es un calendario apretado para empezar, pero él no tiene por qué hacerlo imposible. Siempre ha sido un hijo de puta. Esto sólo lo confirma. Hablé con Alex esta mañana sobre lo que sucedió ayer y dijo que esta vez no se lo dejaba pasar a Boss. Si es abusivo contigo, se va. Pero, mientras que no lo sea, no puedo intervenir. Lo haría si pudiera, pero no puedo. Firmaste el contrato, recibiste el adelanto por el primer libro y la rueda está girando.

—Tengo que demostrarle que está equivocado —dije—. Le daré lo que quiere.

Me miró con preocupación. —Pero ¿a qué precio?

—Probablemente a costa de mi salud mental y física. Odio decirlo, pero creo que usted entenderá. Tank y Jennifer van a estar lejos durante la mayoría del tiempo. Y así podré concentrarme sin distraerme. No tendré que preocuparme por nadie más que por mis personajes en el libro. Bueno, durante dos semanas por lo menos. Durante la tercera semana, cuando todos estén de regreso, podría ir a un hotel y apartarme de todos. No veo otro camino.

—Al menos, ve al Carlyle —dijo—. Tendrás una suite maravillosa y un excelente servicio a la habitación. Estarás cómoda y bien alimentada. Sí, te costará una fortuna, pero acabas de hacer una fortuna. Ahora te lo puedes permitir.

—Creo que debería irme. Tengo que leer la sinopsis de nuevo y meterme de cabeza. Luego tengo que revisar las correcciones, lo que escribió en los márgenes. Después, empezaré a escribir. No puedo arruinar esto.

—Sé lo largo que es tu libro. Estos cambios significan que tienes que escribir un nuevo libro, básicamente.

—En ninguna parte de ese contrato dice que tiene que ser de quinientas páginas. Si tengo que cortarlo y sacar la mitad, lo haré. Posiblemente, es la única manera de salir de esto.

—Un libro más comprimido es menos costoso de publicar —dijo—. Wenn lo agradecerá. No dudes en cortar dónde pienses que necesitas hacerlo. Un libro más corto es un libro más rentable.

—Pero no será el libro que yo pretendía que fuera.

—Ese es el problema de hacer pactos con el diablo. Sé que el dinero que has ganado con ese contrato cambiará el resto de tu vida y eso es algo bueno. Es, de hecho, lo mejor de todo esto. Tienes que escribir dos libros más después de este. Después de estas correcciones, ya sabrás lo que Boss espera de ti de aquí en adelante. Después, si quieres, puedes liberarte y ser de nuevo una escritora independiente. Tu contrato es por los próximos tres años. Vas a ganar suficiente dinero como para establecerte por el resto de tu vida, y después puedes hacer lo que te venga en gana. Piénsalo así. Al final, esto y Marco Boss quedarán en el pasado.

—Debería irme —dije—. Tengo que ponerme a trabajar.

—¿Un pequeño consejo?

—Claro.

—Toma una buena caminata de treinta minutos todos los días. Aunque esté haciendo tanto frío como hoy. Abrígate. Sal de tu apartamento, aclara tu mente y haz algo de ejercicio. Luego regresa a tu libro. Ya verás. Funcionará de maravilla y no consumirá mucho de tu tiempo.

Comencé a dirigirme hacia la puerta. —Lo intentaré.

—No puedes dejarlo ganar.

—No tengo la intención de hacerlo.

—Escribe el mejor libro que puedas. Si me necesitas, aquí estoy.

—Podría mandarle unos capítulos para ver qué piensa.

—Estaría más que encantada de leerlos.

—Gracias, Bárbara.

—Con gusto. Ahora, ve y demuéstrale a ese bastardo que está equivocado.

CAPÍTULO NUEVE

Más tarde esa noche, después de leer las correcciones de Boss y su sinopsis, y de incorporar una buena cantidad de ajustes a la primera parte, recibí una llamada de Tank, la cual contesté inmediatamente.

—¿Cómo estás? —me preguntó.

—He tenido mejores días.

—¿Qué tal estuvo la reunión con él?

—Déjame decir simplemente que tengo tres semanas para reescribir la novela.

—Entonces, él se mantiene firme. ¿Pero tres semanas?

—Así es. Volverla a escribir completamente en tres semanas.

—Lisa... —dijo con preocupación.

—Estaré bien. No voy a mentirte, no va a ser fácil, pero lo haré sólo para mortificarlo. He trabajado en los cambios en las últimas horas, pero para ser sincera, no hago más por hoy. Quiero estar contigo. ¿Estás en casa?

—Llego en veinte minutos.

—Necesito verte.

—¿Quieres que vaya hasta allá?

—Jennifer está aquí ahora. Ya me desahogué con ella y ahora me ha dejado sola. He estado trabajando en mi alcoba. Tuvimos una buena charla antes. Ella está terriblemente molesta, como todos los demás, y está furiosa de que Alex no lo despidió con una patada en el culo, como ella le dijo en la cara. Como siempre, ha sido estupenda. Pero quiero salir de aquí. Tengo que sacudirme de este día y terminarlo como se debe.

—¿Qué quiere decir eso?

—Ya verás.

—Encontrémonos en mi apartamento en treinta minutos.

—Vale —dije.

CUANDO LLEGUÉ AL APARTAMENTO de Tank, él ya tenía puestos sus jeans y su camisa de leñador. Cualquier traje que tuviera puesto ese día era historia. En el instante que me vio, me tomó en un cálido abrazo.

Me besó y me hundí en él, oliendo su aroma y presionando mi cabeza en la profunda cavidad de su pecho. Entonces, de pronto, me tomó en los brazos y me cargó hasta la sala de estar. Me sentó en el sofá y dijo: —Dame un minuto.

—¿Qué piensas hacer?

—Digamos simplemente que conozco bien a mi novia.

Desapareció en la cocina y al momento oí que sacaba hielo del refrigerador. Supe al instante lo que estaba haciendo, me estaba preparando un Martini, y por eso lo amaba. Después de agitar el hielo con el vodka, regresó con un Martini en una mano y una Guinness en la otra. Me entregó mi trago, se inclinó para besarme de nuevo y golpeó su vaso contra el mío. Después se sentó a mi lado lo que, dado su tamaño, levantó unas tres pulgadas el lado del sofá donde yo estaba.

—Cuéntamelo todo —dijo.

Eso hice.

—¿Vas a ser capaz de hacerlo?

—¿Qué alternativa tengo? Tengo que hacerlo.

—Estoy decepcionado de Alex. Estaba seguro de que lo despediría después de esto.

—Boss le ha dedicado doce sólidos y exitosos años. Alex es un hombre de negocios. Puede que considerase esto como un incidente. Puede que se lo haya dejado pasar a Boss por todos los años de trabajo y todo el éxito que le ha traído a Wenn. Pero ¿qué sé yo? Por el momento, es todo lo que sé, y no me siento ofendida. No quiero, ni espero, un trato especial de nadie. Esa no soy yo, tú lo sabes. Por tanto, ¿voy a cumplir con mi contrato? Claro que sí.

—Tal vez sea bueno que Alex, Jennifer y yo nos vayamos a Singapur —dijo después de tomar un sorbo de cerveza—. Así no estarás tan distraída.

Ya había pensado lo mismo antes, pero nunca se lo hubiera dicho a él. Estaba destrozada por su partida, aunque sólo fuera por dos semanas. Desde ya sabía que lo extrañaría terriblemente. De hecho, el solo hecho de pensar que iba a estar lejos, sin importar por cuánto tiempo, me hacía apreciar aún más este momento con él.

—Me gustaría que no te fueras —dije.

—A mí también me gustaría. También me gustaría pegarle un puño en la cara a Boss antes de irme. Sabes que no me gusta. Es una víbora.

Sonreí y le puse la mano en la pierna. —Si lo golpeas, ¿de qué serviría?

—No sé. ¿Tal vez sentiría una gran satisfacción?

Tomé un buen sorbo de mi Martini, levanté mi copa casi vacía hacia él y dije —¿Qué tal si, más bien, yo te doy una gran satisfacción?

Me miró. —¿Qué tienes en mente?

—Lo que te prometí antes. Esta noche, yo tengo el control. —Relajé mi cuello y sacudí las manos—. Tengo una cantidad de frustración que descargar, Tank. He tenido un día de mierda. Tengo que reescribir mi libro para ese hijo de puta de editor que tengo y voy a perder a mi novio por dos semanas. ¿No es una mierda? ¡Oh, tú sabes que lo es! Para mí, es lo peor. ¿Y qué pasa con eso? Tengo suficiente fuego dentro de mí en este momento como para hacer implosionar esta habitación, aunque espero que tú sobrevivas si esto sucede. No es que te lo pueda prometer. ¿Estás dispuesto?

—Oh, estoy dispuesto.

Sin decir palabra, pusimos nuestras bebidas sobre la mesa de café, y luego lo atraje hacia mí, pasé una de mis piernas sobre su regazo y lo monté a horcajadas. Tomé su cara entre mis manos y nos besamos profundamente. Mi lengua se lanzó dentro de su boca y la suya en la mía y sentí, por la pasión de ese primer beso, que cualquier cosa podía suceder el resto de la noche.

Nos paramos, torpes al principio porque teníamos nuestros brazos entrelazados el uno en el otro, y luego lo conduje a través del salón hasta su alcoba. Allí, la ciudad resplandecía en las ventanas al otro lado de la cama. Me volteé, él se acercó a mí y luego su boca encontró la mía. Nos besamos.

Sólo que esta vez fue un beso diferente. Esta vez, fue más brusco que el que nos dimos en el salón. Mis manos se deslizaron por su torso hasta sus caderas, tomé su protuberancia con la mano y lo tenté acariciándola suavemente. Bajó su cabeza hasta mis senos, besó las puntas y luego se apretó contra mí con fuerza, excitándome. Podía sentir su erección palpitando contra mi mano, ¿así de fuerte tan pronto? En este momento, nada se movía demasiado rápido para mí.

Tank me dio la vuelta y empezó a quitarme la ropa, sus labios besaban cada área de piel que iba quedando al descubierto. Me estremecí con la aspereza de su mentón afeitado, la respiración tibia y la lengua húmeda en mi espalda, sus fuertes manos bajando poco a poco hasta la curva de mis nalgas y luego hacia arriba de nuevo para desabrochar mi sujetador. Sentí un escalofrió cuando mis senos quedaron expuestos al aire, pero pronto sus manos los estaban cubriendo, amasando, y pellizcando los pezones hasta sentir dolor. Justo cuando sentí que no podía aguantar más, desabrochó mis jeans y les dio un tirón tal que cayeron a mis pies y me los quité.

Me volteé hacia él, desnuda, mis pechos llenos de expectativa. Me sentía vulnerable pero extrañamente en control y viva. La mirada de Tank recorrió mi cuerpo y vi en su cara un destello de excitación. No lo sabía hace un momento, pero ahora sí, no llevaba puesta ropa interior.

Se inclinó hacia adelante y bajó su cabeza hasta mis senos. Mi cabeza cayó hacia atrás y gemí cuando sus labios encontraron uno de mis pezones. Mientras su lengua se agitaba sobre él y sus dientes lo mordían, intensas olas de placer me embestían. Como si detectara mi impaciencia, Tank me condujo a la cama y se echó encima de mí. Sentí cómo estaba de duro y cómo era de grande y de repente sentí que era yo quién quería ser la exploradora.

Esta noche, después de todo, corría por mi cuenta.

Lo empujé de encima de mí y me senté encima, mis senos a sólo unos centímetros de su cara. Sonrió, una sonrisa íntima y conocedora, y gimió cuando le di un tirón fuerte y rápido a su camisa. Los botones saltaron para dejar al descubierto su formidable pecho bien formado. Me quedé mirándolo un momento y le quité su camisa rasgada, mi excitación aumentaba y luego cubrí con mi propia boca uno de sus pezones.

Tank arqueó la espalda. —Jesús —dijo.

Lo quería desnudo. Le quité los zapatos, los calcetines, desabotoné sus jeans, agarré la tela y tiré, pero era difícil. Estaba demasiado grande, los jeans demasiado apretados y él lo sabía. Levantó las caderas, tiré con más fuerza, y finalmente, los jeans salieron. Los lancé a un lado y oí cuando golpearon una de las ventanas.

Le puse poco cuidado al ruido, todo lo que veía y quería era a Tank. Su cara estaba enrojecida por la excitación, lo que me estimulaba para llevar los límites más lejos. Bajé mi cabeza a la cintura de sus boxers, mordí la tela y se los quité con los dientes. Con un movimiento de muñeca, zarparon por la alcoba y una sombra golpeó otra ventana.

Su pene estaba más largo de lo usual. Lo admiré, transfigurada. Saliendo de un mechón de pelo castaño oscuro, este yacía unos centímetros por encima del ombligo y palpitaba al mismo tiempo que su respiración agitada. Ya desnudo, su cuerpo se tensó con emoción.

Pero yo no toqué su miembro. En cambio, mis ojos buscaron su mirada y lamí directamente la piel a su alrededor. Tank me agarró del pelo, pero me sacudí para soltarlo. Me hundí encima de él y dejé que mis pezones rozaran la longitud de su pene, que se sentía delicioso. Sólo había estado con otros dos hombres en mi vida, ninguno de los cuales me había satisfecho, y uno de ellos fue abusivo. Yo tenía mis propias fantasías sexuales que aún no se habían cumplido. Y sentía que Tank también, ¿entonces qué diablos? Decidí seguir.

—Pégame —dije.

—¿Pegarte?

—Sí. Escupe en tus manos y golpéame en el culo.

Aguantó la risa.

Yo también tuve que hacer lo mismo. —Vamos. Quiero algo de aventura. No te atrevas a reírte de mí y mis deseos, sólo golpéame maldita sea. Nunca lo he hecho antes, pero después te cuento cómo me pareció.

—¿Estás segura?

—No te lo hubiera pedido si no lo estuviera. Ahora, ¿lo vas a hacer o no? Porque si no, estoy aquí para decirte que... ¡Ay! ¿Qué demonios? ¡Ay!

—¿Pegarte así? —dijo—. ¿O así?

Siempre había querido hacerlo y ahora sabía por qué. Después del primer golpe y el dolor, era excitante. Se sentía tan mal, y tan bien, que tuve que aguantar la risa. *Métete dentro del personaje*, pensé. *Haz el papel de una puta.* — Está bien, pero no seas miedoso. —Estaba tan sin aliento y excitada que casi no podía hablar—. Tienes buenos músculos en esos brazos. ¡Golpéame con ganas!

Me azotó el culo, dejándolo rojo y tembloroso, y me mandó al borde del clímax. Me golpeó más duro y gemí. Me dio una palmada en mi nalga izquierda y la sensación se volvió más fuerte. Levanté mi culo más alto para él. Y cuando me golpeó de nuevo, llegué a un clímax escalofriante para finalmente caer encima de él.

Por un momento, me quedé ahí, jadeando. Luego me llevé las manos a la cara y comencé a reír.

—¿De dónde salió esto? —dijo.

En ese punto, mi mente estaba despejada. —Del mismo lugar de dónde viene esto, —dije.

Y durante los siguientes treinta minutos, me monté sobre él, me puse a horcajadas, lo chupé, le mordí la oreja, probé su lengua, grité su nombre, arqueé mi espalda, y me vine, me vine, me vine.

Él todavía no se había venido, pero todavía me faltaba mucho para terminar.

—¿Tienes una vela? —pregunté.

—¿Una vela?

—Sí.

—En el salón. Sobre la repisa de la chimenea. Las cerillas están al lado. ¿Para qué necesitas una vela?

—Ya verás.

Me deslicé de la cama, fui al salón, encontré una larga vela blanca en un candelabro en la repisa y la cogí mientras oía a Tank decir: —¿Qué estás haciendo? Regresa aquí.

Cuando encendí la cerilla y prendí la vela, sentí que mi cara se iluminaba con un brillo intenso. Apagué la cerilla, entré a la habitación y me dirigí hacia él. Con la ciudad centelleando en las ventanas detrás de él y la vela prendida en mis manos, la habitación estaba viva de posibilidades y absolutamente radiante.

Me senté a horcajadas sobre él y me quité el pelo de la cara con un rápido movimiento de cabeza. Mirándolo, lo desafié con la mirada. —¿Confías en mí, Tank?

Me miró y luego miró la vela titilando en mi mano. Él sabía lo que yo tenía en mente y, por la expresión en su rostro, parecía que le excitaba. —Confío en ti —dijo.

Sostuve la vela sobre su pecho, la incliné un poco y dejé que la llama derritiera la cera. —No he hecho nunca antes esto —dije—. Como que me azotaran hace un momento. Pero siempre había deseado hacerlo con alguien que amo y en quien confío. Tú eres la primera persona con quien me siento así de segura. Este delirio. Siempre había querido ser así de aventurera. ¿Crees que va a doler? —pregunté, pero antes de que pudiera responder, giré la vela hacia un lado y vi las trémulas gotas de cera caer sobre su pecho.

Tank contuvo el aliento y se estremeció. La cera caliente rodó sobre su estómago en finos ríos que se acumularon en su ombligo antes de caer en las sábanas. ¿Le estaba haciendo daño? Lo dudo. Tank era un ex SEAL. Era capaz de aguantar casi cualquier cosa, excepto tal vez a mí en este momento.

Apagué la vela.

Subiendo su largo cuerpo, me apoyé sobre él, encontré su boca y nos besamos. Bajó las manos y sostuvo su miembro con las manos. Levanté las caderas y abrí las piernas.

—¿Lista para otra ronda? —preguntó.

Toqué su cara. — Sólo comienza con suavidad. Lo que tienes ahí abajo tiene que ser estudiado.

Justo cuando estaba a punto de penetrarme, nos buscamos con la mirada. *Es demasiado grande*, pensé. *Siempre es demasiado grande*. Pero cuando me penetró de nuevo, todo lo que pasó después de ese dolor inicial se desvaneció. Quería esto. Lo quería a él. Quería que estuviera en mi vida para siempre.

Después de retozar en la cama, sus empellones se volvieron más profundos, más exigentes. Los espasmos me recorrían. Mis uñas se clavaron en su espalda. Mi mano agarró su pelo y lo tiré tan fuerte como pude. Me quitó las manos y clavó mis brazos a los lados. Cubrió uno de mis pezones con su boca y lo mordió suavemente. Arqueé la espalda de placer. Mi pezón estaba tan tenso que parecía que fuera a estallar.

Lo miré a la cara y me di cuenta de que estaba tan cerca como yo. Deseando que llegara más profundo, contrarresté cada uno de sus empellones con el mío hasta que un alivio, imperturbable e insondable, nos invadió.

Más tarde, después de ducharnos juntos, y hacer de nuevo el amor, caí dormida, mi cuerpo seguro entre los brazos de Tank, y me di cuenta de nuevo de cuán profundamente enamorada estaba de él. Me acerqué a él un poco más y besé su pecho. Su corazón se aceleró, pero el sonido de sus latidos me calmó y me dormí.

CAPÍTULO DIEZ

A la mañana siguiente, todo cambió.

Me levanté a las cinco, tomé tranquilamente una ducha, me arreglé el pelo y me maquillé mientras Tank dormía. Cuando salí del baño, él ya no estaba en la cama. Fui a buscarlo y lo encontré en la cocina preparando café.

Como siempre, sólo llevaba puesto sus boxers, lo cual, francamente, era una crueldad de su parte. Le di un beso y él me estrechó por un momento. Pude sentir cuando puse la cabeza contra su pecho lo que ambos sabíamos, pero ninguno de los dos quería decir. Por motivos fuera de nuestro control, nos íbamos a ver muy poco durante las próximas dos semanas.

—¿A qué hora te vas mañana? —pregunté.

Frunció el ceño. —En realidad, acabo de recibir noticias. Salimos esta noche.

Lo miré sorprendida. —Pero pensé que era mañana.

Se estiró para agarrar su celular de la mesa de la cocina y abrió un mensaje de Alex. Me lo mostró. Decía "Cambio de planes. Salimos esta noche. Detalles en correo electrónico".

—¿Has recibido el correo electrónico?

—Sí. Tenemos reuniones a partir del mediodía hoy y luego salimos a las ocho esta noche. Es un vuelo nocturno. Volamos a Los Ángeles, ponemos combustible y después volamos a Singapur. Más o menos, son veinticinco horas de vuelo.

—No puedo creerlo. Pensé que íbamos a estar juntos más tiempo.

—Yo también estoy desilusionado.

—Para cumplir con el plazo, yo tengo que trabajar hoy y esta noche como una mula, lo que quiere decir que esto es todo.

—No lo es. No exactamente. Te voy a llamar todos los días. Hablaremos por Skype cuando podamos. Te mandaré mensajes para saber cómo estás. Físicamente, habrá una distancia entre nosotros, pero no emocionalmente. Sólo físicamente y sólo por dos semanas.

—A menos de que Alex cambie las cosas, otra vez.

—Podría pasar.

—Me pregunto si Jennifer me habrá mandado un mensaje. —Me estiré para agarrar mi celular, que estaba cargándose junto al suyo, y vi que tanto ella como Blackwell me habían enviado mensajes—. Salgo esta noche —escribió Jennifer—. Te veo cuando llegues a casa. Estoy empacando. Dale a Tank un beso de mi parte. ¡Te quiero!

—¿Qué dijo? —preguntó Tank.

—Prácticamente lo mismo. Me dijo que te diera un beso de su parte, como si no lo fuera a hacer. —Puse mi celular sobre el mesón, le eché los brazos por el cuello y lo besé. Cerré los ojos y permanecimos así por un momento antes de que diera un paso hacia atrás.

—Blackwell también me envió un mensaje —dije.

—¿Qué quiere?

Alcancé mi teléfono. — No he mirado. Averigüemos. —Pinché en el texto—. Llámame tan pronto como puedas. —Se lo enseñé a Tank.

—Suena como urgente —dijo. Marqué su número. Contestó en el segundo timbre y puse mi celular en altavoz para que Tank pudiera oír—. ¿Dónde estás? —preguntó Jennifer—. ¿Con Tank?

—Sí.

—¿Qué es ese eco?

—Está con el altavoz. Tank está aquí.

—¿Supongo que ya sabes, a esta altura, que él y los otros salen de viaje esta noche?

—Sí.

—Lo lamento.

—Yo también.

—Estoy yo aquí, si eso te sirve de consuelo.

—Usted sabe que sí.

—Hay otras cosas que deberías saber.

—¿Qué otras cosas?

—Primero, tu rostro y la cubierta de tu libro se apoderaron de Times Square y seguirá así durante los próximos seis meses. La gente va a comenzar a reconocerte. Necesito que estés preparada para eso, especialmente porque el mismo anuncio está hoy en *Times*, página completa, a color. Pronto, va a comenzar a aparecer en varias revistas influyentes. Lo verás en *Entertainment Weekly* y en el *Hollywood Reporter* la próxima semana.

—Ninguna presión ahí —dije.

—La presión no la has sentido todavía. Te dije que Wenn haría de ti una estrella. El primer paso para lograrlo lo has dado hoy.

—Fantástico.

—¿Has recibido noticias de Boss?

—¿Sobre qué?

—Ella suspiró. —Claro que no has recibido nada, ¿por qué habrías de hacerlo? Es sólo tu editor, por Dios. Lo que sea. Es mejor que te lo diga. Esta noche, vas a ir con él a la fiesta de cumpleaños de Julián West en su casa en Park.

—¿El director de cine?

—Así es.

—Me encanta su trabajo.

—Entonces la admiración es mutua. Al parecer, leyó tu libro cuando era el número uno en Kindle y quiere hablar contigo. Dado que tus libros están en la misma línea que las películas que él produce, esto probablemente dará lugar a un acuerdo para una película, que hará feliz a todo mundo. Marco te va a acompañar. Es de esmoquin.

—¿Cómo se supone que esto va a encajar con todo lo que tengo que hacer?

—Aquí está —dijo—. Lo he estado planificando y tú sabes cuánto me gusta hacerlo. Julián, es obvio, va a querer hablar sobre tu libro. Y Boss va a estar ahí para escuchar todo lo que él tenga que decir. Usa esto como una oportunidad para preguntarle a Julián lo que le gusta de tu libro. West es muy hablador, te lo dirá. Y si quiere comprar los derechos de tu libro, lo que Wenn apoyará por motivos obvios, Boss podría volver a pensarse sus correcciones si Wenn te hace elogios. Si lo hace, necesito que hagas esto, cuéntale sobre el nuevo rumbo que Boss quiere darle. Dile que Wenn está a punto de publicar un libro muy diferente al que él ya leyó. Mira cómo reacciona. Si reacciona positivamente a los cambios, entonces sabremos que Boss va por el buen camino. Pero si su respuesta es negativa, si pregunta por qué diablos hay que cambiar algo, tienes algo de peso para negociar los cambios de Boss.

—Gracias —dije.

—Querida, yo vivo para esto, para ser más hábil que el resto. Cuando mastico una taza de hielo al almuerzo, a decir verdad, estoy por lo general pensando en alguien. Ahora, mira. Bernie y yo te vamos a arreglar para esta noche. Necesito que estés aquí a las seis en punto. Luego Boss va a pasar por aquí, van a tomar ambos una de las limosinas de Wenn y van a ir a la fiesta juntos.

—Oh, va a ser un paseo inolvidable.

—Es lo que es, y yo lo veo como una oportunidad para cambiar las reglas del juego. Olvídate de tus enfrentamientos con él. Olvídate de que no lo soportas. Esta noche, si eres lista, y yo sé que lo eres, puedes cambiar todo esto a tu favor. ¿Quieres saber por qué?

—Claro que sí.

—Porque West y Alex son buenos amigos. Lo han sido por años, tienen casi la misma edad. Si Julián no quiere que se cambie tu libro, y especialmente si planea adquirir los derechos para una película, solicitará un mínimo de correcciones, lo cual Alex se lo dirá a Boss. Alex es el jefe de Boss. Si la juegas bien, esta noche podría darte la oportunidad que necesitas para mantener tu libro tal y como lo concebiste inicialmente. Alex tendrá en cuenta los comentarios de Julián, y si son positivos, Boss tendrá que echarse para atrás.

—Me odiará si eso sucede.

—Y qué. Si esto funciona, él recibirá sus indicaciones. Si es grosero contigo, dímelo simplemente. Físicamente, ese hombre puede ser una bestia, pero no es nada de lo que no me pueda encargar. Y Alex le ha dado una última oportunidad para que se controle y se comporte.

—Está bien, la veré a las seis.

—¡En punto!

—Ahí estaré —dije, y luego colgué el teléfono. Miré a Tank—. ¿En qué me he metido? —pregunté.

—Tu sueño.

—¿Por qué parece más como una pesadilla?

—Porque todo es nuevo para ti. Pero Blackwell tiene razón. Necesitas llamar la atención de West esta noche y manipular la conversación de tal manera que consigas lo que quieres al final. Veo esto como una oportunidad enorme. Sólo quisiera poder estar ahí contigo para ver la cara de Boss cuando se dé cuenta que todo le está saliendo mal. —Se dirigió a la isla de la cocina donde estaba la edición de ese día del *Times*—. Busquemos tu anuncio. Lo quiero ver.

No tuvimos que buscar mucho. Estaba en la página siete y los colores eran tan brillantes que era imposible perdérselo. Mi cara ocupaba gran parte del lado derecho de la página, labios con diamantes incrustados y todo. A la izquierda estaba la cubierta de mi nuevo libro, que no había visto todavía, pero que más bien me gustó. Tenía un borde bonito. En la parte superior de la página, un texto que decía, "El 30 de marzo, entre al mundo oscuro, inolvidable de la autora de best sellers Lisa Ward". Debajo de eso, una cita de uno de mis autores favoritos, David Spears. "*Yo, el Zombi* es un emocionante, radical y a veces conmovedor cambio del género post apocalíptico. Nunca antes había habido un libro como este. De hecho, es un libro que me hubiera gustado escribir. Ward es la revelación de un gran talento. La seguirás leyendo por años. David Spears"

—Mierda —dije.

—Spears —dijo Tank—. He leído todos sus libros. Un respaldo de él es lo máximo en este género. —Puso sus manos en mis hombros, me acercó y me besó en la frente—. Felicitaciones, Lisa. Has trabajado duro por esto y te lo mereces.

Me puse de puntillas y le devolví el beso. —Gracias. Y que pueda compartir esta experiencia contigo, no sabes lo que esto significa para mí.

Señaló el anuncio. —Imagínate esto en Times Square. Tenemos que verlo en algún momento. Revísalo mientras no estoy, y luego, cuando regrese, vamos juntos y le echamos un vistazo.

Le puse la mano sobre el pecho y sentí que estaba perdiendo algo. —Tengo que ir —dije—. Si tienes reuniones a mediodía, tal vez deberías empezar a empacar. Luego necesitas ducharte y estar listo para ir a trabajar.

No respondió de una vez, pero cuando lo hizo fue con reticencia. —Probablemente —dijo.

Pude sentir que me iba poniendo emotiva, pero me controlé lo más que pude. Odio las despedidas. No quería despedirme de él y no pude evitar que mis ojos se pusieran vidriosos. —Bueno, creo que te dejo para que lo hagas y voy a ver si Jennifer necesita ayuda.

—Te voy a extrañar —dijo. Llevó mi mano a su corazón—. Pero debes saber que vas a estar aquí.

—Ahora me vas a hacer llorar.

—Es sólo por dos semanas. Recuérdalo.

Tomé aliento y parpadeé para quitarme las lágrimas. —Lo sé. Y ambos vamos a estar ocupados, lo que es bueno. Llámame cuando puedas. Yo haré lo mismo.

—No dejes que Boss te joda la vida.

—No pienso hacerlo.

Señaló el anuncio. —Tú eres más grande que él ahora. No lo olvides.

—¿Lo soy?

—¿En serio?

Después de un ardiente beso, me puse el abrigo, agarré el resto de mis cosas, le dije a Tank que lo amaba y salí de su apartamento antes de que me desmoronara completamente.

CAPÍTULO ONCE

Cuando llegué a casa, Jennifer estaba en plena empacada de maletas, pero se detuvo cuando entré a su habitación y vio la expresión en mi cara.

—Ven conmigo —dijo.

—Pero tienes que hacer las maletas.

—Ya casi termino. Sentémonos un momento. Ven. En la sala de estar. ¿Quieres un café? Está recién preparado.

—¿Tú vas a tomar?

—Claro que sí. Voy a servir uno para cada una.

Cuando regresó con las dos tazas humeantes, me pasó una y luego se sentó a mi lado en el sofá. —Lamento que estemos saliendo más pronto.

—¿Qué pasó?

—Cambio de planes. Los horarios no funcionaban. Era mejor para todos los participantes salir un día antes. Sé que estás contrariada. Sé que vas a extrañar a Tank. También sé que todo el mundo dice 'pero si es sólo por dos semanas'. Bueno, al diablo con eso. Seamos francas, esas dos semanas van a parecer dos años. Lo entiendo.

Una de las muchas cosas que me gustaba de mi relación con Jennifer era que nunca decíamos boberías una a la otra. Siempre decíamos justo lo que era.

—Estaré bien —dije—. Tuve mis pequeñas crisis que me hicieron sentir como si fuera una chica de diecisiete años de nuevo, pero ya las superaré.

—Yo sé que lo harás. También sé que a veces va a ser difícil. Oficialmente, sólo has estado en esta relación un poco más de dos semanas. Sería más fácil si llevaras unos pocos años, tendrías una base más sólida en este momento. Pero ahora mismo, tu relación es tan fresca, y los sentimientos son tan intensos, que estar separada de él va a ser un desastre. Pero yo estoy segura de que Tank te va llamar con frecuencia. Yo también. Y también está tu trabajo. Yo creo que vas a estar tan ocupada que no estarás totalmente concentrada en que él no esté aquí.

Mencioné la fiesta de cumpleaños a la que iba a ir esa noche.

—¿Vas a ir con Boss?

—Ajá.

—Oh, diablos. ¿Por qué él?

Le hable del interés de Julián West en hacer una película de mi libro y que por eso Boss, posiblemente, era la persona más indicada para acompañarme.

—¿Una posible película? Lisa, esto es maravilloso.

—Es alucinante.

—Es ideal.

—No ha sucedido todavía. En realidad, no espero nada de esto. Pero es bueno pensar que él pidió que quería conocerme. Es medio suicida. Tú sabes cuánto me gusta su trabajo.

—Todo parece estar sucediendo a la vez.

—Cuéntame. ¿Viste el anuncio en el *Times* de hoy?

—Lo vi, y pienso que es fantástico. ¡Y la cita de Spears! Tan bien merecida. Y, por cierto, me importa un bledo lo que piense Boss, yo pienso que te veías muy bien. Blackwell y Bernie acertaron. Te ves etérea, lo que es perfecto para tu género. No podía dejar de mirarte y esa era su intención. Esos diamantes en tus labios eran de locura.

—Nunca me imaginé que luciría diamantes ahí —dije.

Un pensamiento cruzó la cara de Jennifer. —Probablemente no sabes esto, pero Julián es uno de los mejores amigos de Alex.

—De hecho, Blackwell me lo dijo. También me dio algunas ideas de cómo aprovechar su entusiasmo para mantener mi libro lo más parecido a lo que escribí.

—¿Cómo?

Le conté la versión Blackwell de qué pasaría si jugaba bien las cartas.

—Ella es un genio.

—Lo es.

—¿Crees que funcionará? —preguntó.

—Depende de cómo reaccione West a los cambios. Si le gustan, estoy perdida. Pero si los detesta, Boss no va tener otra opción que escucharlo porque todos sabemos que no puede arruinar un posible acuerdo para una película, que sólo vendería más libros. Lo único que sé en este momento es que nada es seguro. Necesito seguir trabajando e incorporar los cambios de Boss, como están ahora. No puedo perder tiempo. Blackwell me pidió que me encontrara con ella y con Bernie a las seis. Eso me deja casi todo el día para trabajar en el libro, que tengo que hacerlo. Si West convence a Boss de no cambiar mi libro, o por lo menos de no cambiar la mayor parte de él, entonces no voy a estar tan estresada como ahora. Pero no puedo contar con eso. Tengo un contrato, tengo las indicaciones y necesito trabajar. Entonces, debería comenzar a moverme.

—¿Antes de que te pongas en eso, cuéntame cómo te fue con Tank esta mañana?

—Doloroso. Pero en este punto, seamos realistas, tengo que controlarme. Me he vuelto una perrita quejumbrosa, lo que no soporto de nadie, especialmente de mí. Sólo son dos semanas. Sí, lo voy a extrañar y te voy a extrañar a ti, absolutamente. Pero vaya. Son dos semanas. Tank y yo sobreviviremos. Estoy triste por su partida, y te voy a extrañar a ti y a él terriblemente, pero van a estar de regreso antes de que me dé cuenta. Yo no soy débil, pero lo fui esta mañana. Pienso acabar con eso ahora mismo.

Me puse de pie. —Tienes que seguir haciendo las maletas. Cuando termines, golpea en mi puerta. Te voy a dar un gran beso de despedida y después voy a seguir trabajando hasta que tenga que encontrarme con Blackwell y Bernie.

—Y con Boss —dijo Jennifer.

—No me intimida, Jennifer. Al menos no por ahora. Vamos a ver cómo va esta noche y después lo revalúo. Blackwell dice que él me necesita más de lo que yo lo necesito a él. Tank piensa lo mismo.

—Estoy de acuerdo con ellos. Wenn Publishing está recurriendo a ti para mejorar su rentabilidad.

—Que espero hacerlo. Dios sabe cómo esos anuncios han generado grandes expectativas para otros. Bueno, te dejo para que empaques. Voy a trabajar en el libro. Avísame cuando vayas a salir y te doy una buena despedida.

Estaba por entrar a mi habitación cuando timbró mi celular. Lo saqué del bolsillo del pantalón y vi que era Blackwell.

—Es Blackwell —le dije a Jennifer.

—Bueno, contesta.

—Hola, Bárbara.

—Hola, Bárbara, ¡la mierda!

—¿Qué pasa?

—Todo lo que en un momento consideré divino, ¡se ha desbaratado!

—No entiendo qué quiere decir.

—Significa que oficialmente estamos en crisis total.

—¿A qué se refiere?

—Odio el traje que escogí para que te pongas esta noche. Es negro. Todo el mundo va a estar vestido de negro esta noche. ¿Por qué vas a estarlo tú también? No deberías. Claro que no deberías. Yo no sé en qué estaba pensando cuando lo elegí, pero está mal. No da la impresión correcta. Diablos, no da ninguna impresión. No dará de qué hablar y eso es lo que necesitamos. Por lo tanto, tenemos que arreglar eso.

—¿Cómo?

—Saliendo de compras antes de que sea demasiado tarde. Ahora mismo, estoy estacionada afuera de tu apartamento, así que adelante, princesa. Me vas a encontrar en la limosina justo afuera de tu puerta. Y ni se te ocurra hacerme esperar. Tú y yo tenemos que salir a toda prisa para Bergdorf antes de que sea demasiado tarde.

—Me va a tener que dar cinco minutos. Tengo que vestirme.

—Entonces, ¡muévete!

Colgué el teléfono y miré a Jennifer. —Debería estar reescribiendo mi libro, pero parece que me voy de compras.

—¿Con Blackwell? Ármate de valor, chica. Esto va a ser histórico.

—Sé que lo va a ser. Tú me contaste cómo fue contigo. También sé que puede tomar horas.

—Puede ser. Así que dame un abrazo y un beso. Y en dos semanas, todos estaremos de regreso.

FUERA DEL EDIFICIO, vi la larga limosina negra, y una vez más, me sorprendió la rapidez con que mi vida estaba cambiando.

—Bergdorf —le dijo Blackwell al conductor cuando me senté a su lado—, tenemos que darnos prisa. ¡*Rápidamente*!

Cuando llegamos a la tienda, Blackwell estaba acelerada.

—Stella McCartney —dijo mientras entrábamos corriendo—. Ella entiende lo que es no tener senos. Es la elección perfecta para ti.

—Caramba, gracias.

—Oh, por favor. No seas tan sensible. Eres un palo, alégrate. Si tenemos suerte, encontraremos algo que te vaya bien y después podemos seguir adelante y buscar unos zapatos. Será más fácil. Ojalá Dior, después de todo, Dior es el maldito Dior. Luego la ropa interior, que debe incluir Spanx, incluso para ti, querida. Te va a moldear bien. Tal vez no puedas respirar, pero eso no me importa a mí como tampoco te debe importar a ti. Considéralo una concesión para lucir lo mejor posible.

En el ascensor, Blackwell cruzó los brazos y golpeteó con el pie mientras subíamos. Cuando se abrió la puerta, la seguí mientras caminaba como una aplanadora.

—Alguna persona —dijo llamando a nadie en particular—. Necesito ayuda. Ya mismo. Lo que se dice ya. —Chasqueó los dedos sobre su cabeza—. ¡Hola! Necesitamos ayuda aquí. Soy Blackwell. No se escondan de mí ahora. Sé que algunos de ustedes lo están haciendo. Están acurrucados en sus esquinitas, ¡puedo olerlo!

Una mujer joven apareció a nuestro lado. Era como una modelo, alta, huesos delgados, piel cremosa, pelo castaño oscuro. Si las exigencias de Blackwell le molestaban, no lo demostraba. Su boca tenía marcada una sonrisita. —Buenos días, señora Blackwell —dijo—. ¿Cómo puedo ayudarla?

—Stella McCartney —dijo—. Algo rojo. Rojo brillante. Un vestido. Muy lindo, muy elegante, muy Stella. Über, über, über. —Señaló hacia mi pecho—. Y tiene que ajustarse a esto.

Me sonrojé.

La mujer ladeó la cabeza y evaluó mi pecho lo cual encontré humillante. —Creo que tengo algo —dijo—. Llegó esta semana. Es una sensación. Su talla no está en este piso. Déjeme llevarlas dónde está la de ella.

—Es como si fuéramos a un velatorio —me dijo Blackwell.

—¿Perdón?

—Tú sabes, un cadáver. Un velatorio. —Frunció el ceño—. Pero no sabes. Eres muy joven para saber. La idea de la muerte no significa nada para ti en este punto de la vida. Pero lo significará. Sólo espera y verás.

Seguimos a la vendedora a un gran probador con vestidores alrededor que formaban un círculo. En el centro del salón había un pedestal. Estaba rodeado de grandes espejos en las puertas de los vestidores. La mujer usó una llave para abrir una de las puertas, pero no llevaba a un probador, sino que parecía una zona de almacenamiento. Desapareció por un momento y luego llegó con el vestido en su brazo. —Es exquisito —dijo. Y luego dejó que cayera la parte de abajo mientras lo sostenía para que lo viéramos. Lo giró despacio para que lo pudiéramos ver por delante y por detrás.

—Es impresionante —dije.

—Es minimalista y moderno —dijo Blackwell—. Un vestido ajustado. —Se acercó para estudiarlo—. Rojo carmín. Sin mangas.

Linda caída, mira cómo se mueve, Lisa. Espera a que sientas la tela. La parte de atrás es preciosa. ¿Sí ves lo bajo que llega? Puedes llevarlo muy bien. Muy bonito. Muy de ahora. Oh, Stella. No hubo cadáveres aquí. Divino. —Me buscó con la mirada—. ¿Eres una verdadera talla cero?

—Lo soy.

Se volteó hacia la vendedora. —¿Le quedará bien?

—Podría ser una talla más grande.

—Pruébate el vestido —me dijo—. Estoy demasiado estresada para pensar que no le va a quedar bien. Conocemos los obstáculos, tus tetas huidizas que nunca regresaron. Naturalmente, estoy preocupada. —Miró a la vendedora—. ¿Cómo se llama usted?

—Pauline.

—Creo que hemos trabajado juntas antes.

—De hecho, sí. Nunca lo he olvidado.

—¿Cómo podrías hacerlo? Yo hago compras memorables.

La mujer se sonrió.

—Tienes un sastre para mí, ¿verdad, Pauline? —preguntó Blackwell.

—Claro que sí.

—¿Y se puede hacer ajustes hoy mismo, si hay necesidad?

—Para usted, los puedo mandar hacer en una hora.

—*Je t'aime.*

Entré en uno de los probadores y me puse el vestido que entró fácilmente y parecía ajustarse bien. Luego me miré en el espejo del probador y me detuve. ¿Era realmente yo? ¿De verdad? El vestido prácticamente se moldeaba a mi cuerpo. Apenas podía imaginarme cómo iba a lucir cuando Bernie terminara de arreglarme. Giré para un lado y para el otro, tomé aliento y salí del probador sabiendo que me iba a enfrentar a las críticas de Blackwell.

Me preparé para lo que ella tuviera que decir.

Pero no hubo críticas. Cuando me vio, levantó sus manos en lo que me pareció una muestra de alivio.

—Da la vuelta —dijo—. Déjame ver.

Lo hice.

—Voltea a la izquierda.

Lo hice.

—Ahora párate enfrente de mí.

Me paré al frente.

—Este es, y en el primer disparo. ¿Cómo diablos es posible?

—Creo que fue idea de Pauline.

—Pauline tiene visión, tengo que reconocerlo.

Se volteó hacia Pauline en lo que me pareció un gesto de gratitud y luego me dijo que girara, girara, girara, así ella podía ver, ver, ver. Cuando terminé de reír, ella dijo: —Sólo tenemos que cogerle un poco en la espalda, lo que te hará parecer como si realmente tuviera busto, así que hay un beneficio para ti, Lisa. Esta noche, tendrás algo de tetas. Después de eso, estamos listas.

Cuando terminamos, encontramos el par de sandalias perfectas de Manolo Blahnik, Bakhita con doble hebilla y tres pulgadas de tacón. Iban muy bien con el color del vestido y me gustaron desde el principio. Me tranquilicé cuando Blackwell estuvo de acuerdo.

Finalmente, después de hacer una incursión en la sección de ropa interior, regresamos para recoger el vestido ya arreglado. Esta vez, se ajustaba perfectamente. Encontramos la combinación perfecta y pagamos por todo aquello. Blackwell dio dos besos al aire a ambos lados de Pauline, quien parecía confundida con eso, y luego, después de tres horas de compras, nos fuimos.

CAPÍTULO DOCE

Más tarde esa noche, después de que Bernie y Blackwell hicieron lo que quisieron conmigo, me examiné en el espejo, y estaba más que contenta con los resultados.

Todo era simple y elegante.

Mi pelo estaba echado hacia atrás y enrollado en un apretado moño. Mi maquillaje era suave y fresco, con un toque audaz de lápiz labial rojo que combinaba con mi vestido y zapatos. Lo mínimo de joyas, llevaba sólo unos pendientes con diamantes y otro diamante en forma de pera, simple pero grande, que colgaba justo hasta el borde del escote. Las joyas eran de Jennifer. Antes de venir para que me arreglaran, Blackwell me había dicho exactamente cuáles escoger.

—Me encanta —dije.

—¿Quién no te va a respetar así? —preguntó Blackwell—. No te pareces en nada a como estabas para la sesión editorial. Boss odiaba tu look, si mal no recuerdo, creo que tuvo una pequeña rabieta por eso, pero va a ser difícil tanto para él como para los demás que te rechacen así como estás. Esta noche, lo que vas a mostrarle a todos es que estás dispuesta a correr riesgos, si hay que hacerlo, y si no, puedes ser conservadora. Más que eso, el mensaje que estás enviando es que te puedes ver totalmente distinta. Eso es lo que hará que la gente se interese en ti y se fascine contigo. La moda tiene ese poder. La moda puede cambiarlo todo.

Siempre desde que era niña, había leído todas las revistas de moda. Seguía haciéndolo. *Vogue* era mi biblia. Sabía que lo que me decía era cierto. Le di las gracias, luego miré a Bernie en el espejo, estiré el brazo para tomar su mano y la apreté. —Y gracias. No entiendo cómo lo hiciste. Lo único que se me ocurre es que eres un artista.

—Es un placer, Lisa. Y debería agradecerte yo. Cuando trabajo con chicas jóvenes y bonitas como tú y Jennifer es cuando me siento más feliz. Bárbara y yo pensamos en un concepto y ella me desafía para que vaya más lejos, lo que a la vez hace que yo mismo me desafíe. Ella quiere que yo vaya más allá, el deseo de cualquier creativo. No tengo la posibilidad de hacer esto todos los días en mi salón, ni mucho menos. Sólo en raras ocasiones, como esta, se me permite ser tan libre. Cuando trabajo contigo y Jennifer, es como si fuera un niño de nuevo.

Le pregunté a Blackwell qué hora era.

—Las siete pasadas. Tenemos tiempo para un Martini, si quieres. Te ayudará a calmar los nervios antes de que te encuentres con ese hijo de puta de Boss.

—¿Sabe cómo preparar un Martini?

—Querida, por favor.

—Tomémonos todos uno. Bernie, ¿te apuntas?

—Siempre he sido un Gibson Girl —dijo.

—¿Qué tal ser un Belvedere Bombshell?

—Puedo arriesgarme.

—Lo sospeché. Si no les importa a ustedes dos, voy a hacer una llamada rápida a Tank, antes de que despegue. ¿Está bien?

—Aprovecha un poco de tiempo con Tank mientras puedas —dijo Blackwell—. Bernie y yo nos encargaremos de las bebidas.

CUANDO SALIERON DEL salón de conferencias que se había convertido en nuestro salón de maquillaje y se fueron a la oficina de Blackwell para preparar las bebidas, tomé mi teléfono de la mesa delante de mí y llamé a Tank. Respondió al segundo timbrazo.

—Me preguntaba si tendrías tiempo de llamarme —dijo—. Oí que tuviste un día bastante agitado.

—Como si no pudiera encontrar tiempo para llamarte. Estoy tan contenta de escuchar tu voz. ¿Estás en el avión?

—Acabo de entrar.

—Entonces te agarré a tiempo.

—Lo hiciste. ¿Supongo que Bernie y Blackwell te arreglaron muy bien?

—Sí.

—Me gustaría poderte ver en este momento.

—Puedes. Se llama tecnología. Puedo tomar un selfie en el vestidor y enviártelo.

—Si lo haces, seré un hombre muy feliz.

—Déjame colgar, voy a tomar la foto y te la envío en un mensaje. Después te vuelvo a llamar.

—Listo.

Colgué, fui hasta el espejo alto a mi derecha, apreté el icono de cámara y me tomé varias fotos desde varios ángulos. Cuando encontré la que más me gustaba, se la envié en un mensaje, esperé cinco minutos para que pudiera verla y le devolví la llamada. —¿Qué piensas? —pregunté.

—Creo que voy a ser un hombre muy solo durante las próximas dos semanas.

¡Dios, lo amaba!

—¿Crees que me va bien?

—¿Que si te va bien? De hecho, realmente bien. Es mejor que Boss no se haga ilusiones cuando te vea así.

—Sigo sin creer que tenga que ir a una fiesta con ese imbécil, pero es lo que es, supongo.

—Todo saldrá bien. De hecho, por lo que acabo de ver, estás vestida como para robarte el show. Esto es completamente diferente a como la mayoría de New York te vio hoy. Blackwell realmente sabe lo que está haciendo, ¿no?

—Ella y Bernie. Son un equipo.

—Como nosotros —dijo—. Te voy a extrañar, Lisa.

—Yo te voy a extrañar más. Llámame cuando puedas, siempre voy a tener el teléfono conmigo. Y sabes que te voy a estar pensando a cada minuto.

—Te amo —dijo.

—¿Estás cortando?

—Creo que tengo que hacerlo. Tengo que hacer miles de cosas antes del despegue.

—De acuerdo. Te amo y no puedo esperar a tener noticias tuyas pronto. Después de esta noche, siento que voy a tener un montón de cosas para compartir contigo.

—Si Boss se pasa la raya, dale un puño en la cara de mi parte.

—Eso es lo que tú no sabes de nosotras, las chicas de Maine, Tank, tenemos un gancho derecho del diablo. Sólo pregúntale a Jennifer. Ahora, ve y cuídate. Cuando llegues a L.A., llámame. La fiesta debería de haber terminado a esa hora. Tendré el teléfono al lado de la cama. No te preocupes si me despiertas.

—Duerme bien —dijo.

—Trataré si tú tratas. Pero, por favor, llámame si puedes.

—Te llamaré —dijo—. Prometido.

Y luego se fue.

CUANDO NUESTROS MARTINIS ya eran historia, Blackwell me avisó qué hora era. —Cinco para las ocho —dijo—. Boss ya está aquí o no se demora en llegar. Bernie, ¿quieres darle un repaso?

—Bueno.

Me senté al frente del espejo de maquillaje. Bernie me aplicó una capa fresca de lápiz labial, estudió mi cara, agregó un toque de polvos en la frente y las mejillas y luego dio un paso atrás.

—Está perfecta —dijo.

Me levanté de mi silla y me volteé hacia Blackwell, quien estaba alcanzando del perchero una capa negra, calidad museo de 1960 con un borde de plumas de avestruz. —Está totalmente forrada en seda —dijo—. Cosida a mano. Oscar de la Renta. No me preguntes cómo lo conseguí, nunca te lo diré.

—Es maravillosa.

—Me costó casi un ojo de la cara.

—Me alegra saber que todavía los tienes.

—Los tengo, pero las cicatrices psicológicas son a veces peores. Son más profundas.

—¡Dios mío!

Me guiñó el ojo. —Piensa en esto sólo como otro mensaje, querida. Todos esos esnobs que vas a conocer esta noche no van a tener otra alternativa que postrarse ante ti. Los intelectuales van a pensar que has ido muy lejos, pero ¿a quién le importa eso? Es la fiesta de cumpleaños de Julián West, no una insignificante firma de libros de escritores que están en la mitad de la lista tratando de deshacerse de esos libros. Esta noche, Hollywood va a superar en número a la literatura y, dado el interés de Julian en tu libro, lo primero es llamar la atención del tipo de persona que lo rodea. Y van a caer rendidos con esto. Ahora, aquí —dijo—. Da la vuelta. Está bien. Déjame ponértela sobre los hombros, la vas a llevar justo así. Cuando llegues a la fiesta, espera que los paparazzi estén ahí. No vayas, y lo digo en serio, no vayas a quitártela hasta que te hayan tomado fotos. Sólo cuando veas que los paparazzi han perdido interés, te la quitas. Entonces, van a ver tu vestido. Y cuando lo hagan, te puedo garantizar que empezará una nueva ronda de fotos: Bernie y yo estamos trabajando para convertirte en un nuevo icono femenino. Yo creo que lo hemos logrado.

—Marco no participará en nada de eso.

—Déjalo que siga de largo. Él no es nadie. Lo que tenemos que hacer es contrarrestar cómo la gente te vio por primera vez con una apariencia totalmente diferente hoy. Esto lo hará. Esto generará un montón de comparaciones en la prensa. Sólo necesitamos que los medios de comunicación hagan su trabajo y publiquen sus fotos. Y lo harán. Ya verás. Quiero verte en la Página Seis.

CAPÍTULO TRECE

Me despedí de Blackwell, entré al ascensor y me bajé en la recepción. Tenía que admitirlo, estaba nerviosa.

Esta noche era o todo o nada para mí. Conseguir un contrato para una película era casi imposible para un escritor nuevo. Mis esperanzas no eran muy grandes, pero esperaba que la opinión de Julián sobre mi libro hiciera que Marco Boss pensara dos veces su nueva sinopsis.

Pero si West estaba de acuerdo con la nueva dirección del libro, estaba jodida. Tendría tres semanas para reescribir completamente mi novela. Si me aíslo del mundo, puedo hacerlo. Obviamente, la duda que persistía era si Boss aceptaría los cambios. Hasta cierto punto, sabía que lo tendría que hacer, el libro se había anunciado con una fecha de venta, marzo 30. Así que, aunque no estuviera de acuerdo con todos los cambios, al menos tendría que seguir adelante para cumplir con la fecha de publicación.

Cuando el ascensor se detuvo y las puertas comenzaron a abrirse, mi corazón palpitaba en mis oídos. Para mi sorpresa, Marco Boss estaba parado justo al lado del ascensor cuando se abrieron las puertas. Según lo acordado, estaba de esmoquin y tuve que admitir que se veía muy apuesto. Vi su mirada penetrante y me pregunté si tendría algún problema con la forma en que estaba vestida esta vez.

—Hermosa —dijo—. De hecho, perfecta.

Bueno, eso no lo esperaba. —Gracias.

—Bernie y Blackwell acertaron esta vez. Me siento aliviado.

No respondí nada porque, en lo que a mí respecta, también habían acertado la primera vez. —Entonces, ¿te gusta? —pregunté.

No sé si se daba cuenta de esto, pero cuando hablaba, su voz era como un gruñido bajo. Sonó como "Mucho", pero no podía estar segura.

—La señora Blackwell y una vendedora lo eligieron para mí.

—Buena elección.

¿Estaba coqueteando conmigo? Si lo estaba, no era apropiado. Me puse en un tono de negocios. —Deberíamos ir —dije.

Fuera, nos esperaba una limosina. El conductor se paró al lado de la puerta trasera y la mantuvo abierta. Para evitar el aire frio, me cubrí con la capa. Marco me hizo un gesto para que entrara primero. Me doblé el vestido, bajé la cabeza, y me deslicé en el asiento, con la esperanza de que el vestido no se fuera a arrugar mucho durante el camino a la casa de West en Park. Boss entró después de mí. Cuando se deslizó en el asiento, su muslo, duro como una piedra, se apoyó contra el mío por un momento, antes de que él se enderezara en el asiento.

—Lo siento —dijo mientras la limosina cortaba el tráfico.

—No hay problema. ¿A quién esperas ver esta noche?

—Obviamente, a West. Él dijo que quería conocerte por un motivo, está interesado en tu libro. Ese interés significa un posible contrato para una película, entonces voy a llevarlo en esa dirección. Y hay otros. ¿Nunca has estado en una fiesta de estas antes? ¿Con Jennifer y Alex?

—¿Una fiesta de cuáles?

—De las extravagantes. De las pretenciosas. Puede ser un poco demasiado. Habrá escritores, un contingente enorme de Hollywood y luego la alta sociedad, que es lo peor de todo. Yo crecí en Texas, justo en las afueras de Dallas. Me tomó un par de años aclimatarme a Manhattan. En este ámbito, la mayoría de la gente que vas a conocer esta noche se da aires. Todo es falso. Yo no lo soy. —Se encogió de hombros y me miró con una sonrisa—. Dicho esto, es obvio que soy directo.

Lo menos que se puede decir. —Tengo que preguntar, ¿creciste en un rancho para turistas?

—Muy graciosa. En realidad, éramos clase media. Mi padre es ingeniero. Mi madre es maestra. Tengo seis hermanos, así que ya te puedes imaginar cómo eran de apretadas las cosas financieramente, sobre todo porque éramos seguidos. Todavía no sé cuánto dinero ganaban mis padres, pero posiblemente hicieron muchísimos sacrificios. Yo pude salir de Texas sólo porque mis notas en la escuela eran buenas, especialmente en inglés. Gané una beca completa para NYU, y eso fue todo. Vuelvo a casa cuando puedo, pero después de que me gradué, me quedé aquí y trabajé para ascender en el mundo editorial.

¿Por qué me estaba contando todo esto? Decidí no cuestionarlo. Preferible que fuera amable a que fuera un gilipollas.

—¿Cuándo perdiste tu acento texano?

Se rió. —¿Lo notaste? Hace mucho tiempo. Aquí en la ciudad, mi acento era como mosca en leche. Yo quería asimilarme, entonces lo dejé. ¿Y qué hay de ti? Tú ciertamente no suenas como si fueras de Maine.

—¿Alguna vez has estado en Maine?

—No, nunca.

—Bueno, te voy a decir qué pasa con Maine —dije—. La mayoría de maineses no tiene acento. Es sólo a lo largo de la costa que encuentras lo que Jennifer y yo llamamos 'el esquivo acento de Maine' y que Hollywood ha estereotipado por años. Ahora, si quieres un acento realmente fuerte, el lugar es Bostón.

—De acuerdo.

Nos quedamos callados por un momento. Miré por la ventana y vi cómo la ciudad pasaba como viñetas luminosas enmarcadas por la ventana. Después Marco se aclaró la garganta.

—Lamento que hayamos comenzado con el pie izquierdo —dijo.

—Ya te excusaste. Está bien.

—En realidad quiero que tu libro sea lo mejor posible, Lisa. Sé que soy agresivo. Sé que puedo ser un idiota. Seguramente piensas que soy arrogante, y después de lo del otro día, no te culpo. Lo que pasa es que me gusta mi trabajo. Me preocupo por los libros en los que mis autores y yo trabajamos juntos, y a veces soy más protector y posesivo de la cuenta.

—Tres semanas para reescribir ese libro es ridículo, Marcos.

—He pensado en eso, pero sigo creyendo que lo puedes hacer. Si más o menos puedes corregir lo que me gustaría corregido, lo consideraría un triunfo.

—Estás siendo terriblemente amable esta noche —dije.

—Es porque me sentí culpable después de nuestra última reunión. Estoy tratando de mostrarte que no soy esa figura del mismísimo diablo que, posiblemente y con razón, te formaste de mí. No tengo llamas que me salgan de la nariz.

—¿Y del culo?

Se sonrió y en ese momento sentí que no estaban perdidas las esperanzas, que en alguna parte de él había sentido del humor.

—Tengo mis problemas, pero dame una oportunidad. Trabajemos juntos en tu libro y hagámosle todos los cambios posibles y luego, juntos, delinearemos tu próximo libro, antes de que lo comiences. Así, no habrá más reescrituras frenéticas.

—Haré lo mejor que pueda —dije. No era lo que realmente quería hacer, pero sentí que si esa noche las cosas no salían bien no tendría otra opción—. Pero con sólo tres semanas para tenerlo listo, lo único que puedo garantizar es que voy a trabajar muy duro.

—Y te lo agradezco. —Miró a través de la ventana delantera—. Parece que ya llegamos —dijo—. ¿Te preparó Blackwell para los paparazzi?

—Trató, pero no creo que nadie pueda prepararme para ellos.

—Entiendo. Sólo sonríe y saluda con la mano.

El coche se acercó a la acera y el conductor salió y abrió la puerta. Salí y un fuerte viento agarró mi capa e hizo que mi vestido se desplegara y ondulara con la brisa. El viento era inesperado y helado. Me envolví en la capa y me volteé mientras Marco salía del coche. Entonces él, rápidamente, tomó mi mano mientras los paparazzi empezaban a tomar fotos.

Su contacto me lanzó como una sacudida. Apretó mi mano dentro de la suya con fuerza y me miró con una dosis desvergonzada de ardiente sexualidad, todo esto capturado por los paparazzi. Rápidamente retiré mi mano, pero no antes de que docenas de fotos hubieran sido tomadas.

Tank va a verlas, pensé.

¿Habría Boss hecho esto a propósito? ¿Me había tendido una trampa? Esto, no podría saberlo nunca. Ahora me estaba mirando desconcertado, tal vez debido a mi propia expresión de sorpresa, entonces quizá no había sido a propósito. Lo que yo sabía era lo que tenía frente a mí, esta gente sabía que Boss era mi editor y posiblemente sabía que era soltero. Él era, después de todo uno de los solteros más codiciados de la ciudad por su cargo y su buena apariencia. ¿Pero qué sabían de mí? Nada. Yo era una desconocida para ellos. La prensa no había escrito todavía mi historia.

Pero lo harán pronto, pensé con una sensación de vacío en el estómago. *Mañana por la mañana, ya nos habrán convertido en pareja. ¿Y qué diablos voy a hacer entonces?*

Decidí dejarme la capa puesta y entrar a la casa de Julián lo más rápido posible.

CAPÍTULO CATORCE

Una vez adentro, miré a la multitud delante de nosotros y vi que el espacio y la asistencia eran enormes. Debía haber allí doscientas personas, mezcladas y charlando, algunas de ellas eran actores y actrices que pude reconocer a primera vista. Si la gente no estaba hablando, o bien estaba bailando en la pista de baile, donde tocaba una orquesta, o estaba en el generoso bar a nuestra izquierda, donde docenas esperaban alguna bebida.

Nos dirigimos hacia la multitud. Y mientras lo hacíamos, admiré la primera planta de la casa de West, que obviamente había sido diseñada para reuniones sociales, ya que era esencialmente una larga habitación rectangular. Era un espacio enorme y refinado diseñado para impresionar.

Todo estaba en su punto, desde las paredes de paneles oscuras hasta la cálida iluminación de los apliques en las paredes y las enormes lámparas de araña que brillaban encima de nosotros. Las pinturas originales eran prominentes, y a pesar de la cantidad de gente que había aquí, el nivel de ruido era de alguna manera sorprendentemente manejable.

—Esto es increíble —dije.

—Él sabe cómo hacerlo. ¿Quieres una copa de champaña?

—No es suficientemente fuerte. Un Martini para mí.

—Listo. Voy a tomar lo mismo. Vamos al bar. Un mesero tardará demasiado.

Comenzamos a avanzar, pero luego él vaciló. —Y ya comienza —me murmuró—. Epifanía Zapopa acaba de verme.

—¿Quién es la tal Epifanía Zapopa?

—Una mujer con la que salí por poco tiempo hace un año. No terminó bien la cosa, así que, si se acerca, puede que no vaya bien. Tienes que estar al tanto de esto. Sólo para que estés preparada, esto es todo lo que necesitas saber de ella en treinta segundos. Estuvo casada con el financista Charles Stout, ahora fallecido, y treinta y cinco años mayor que ella. Antes de casarse, se vieron involucrados en un escándalo. Epifanía se encargaba de la casa de los Stout, trabajaba para Binkie, la primera esposa de Charles y la madre de sus distanciados hijos. Ella se enredó en una aventura con Charles una tarde en la que él le pidió que le llevara dos cucharadas de helado a la biblioteca. Binkie los sorprendió haciendo el perrito sobre la costosísima alfombra Aubusson que había heredado de su tatarabuelo, y que arruinaron con manchas de helado y fluidos corporales. Binkie le pidió el divorcio a Charles y más de $250 millones.

—¿Le dejó algo a Epifanía?

—¿Algo? Se casaron justo después del divorcio y vivieron juntos hasta su fallecimiento. Según los rumores, ella terminó con por lo menos $500 millones. Tal vez más, si tienes en cuenta las propiedades de Stout. Ella es una de las personas más ricas aquí esta noche y una de las más locas. Ya verás. En este medio, Epifanía no es sólo la puta que acabó con el hogar de Stout. En pocas palabras, puede también volverse la vida de la fiesta inesperadamente, especialmente si se le da la plataforma adecuada y suficiente tequila con el estómago vacío. Una vez, la vi contonearse alrededor de Stout con la versión para cabaret de 'Fly Me to the Moon' de Felicia Sander.

—¿Cómo es posible?

—Con Epifanía, todo es posible.

—Viene para acá.

—Aquí viene. Y se ve tan perdida como siempre. Con lo bonita y elegante que es, siempre parece estar fuera de lugar entre la multitud porque, en realidad, lo está. La alta sociedad no puede rehuir a la viuda de Charles Stout por la cantidad de dinero que tiene, pero puede ser totalmente fría con ella. Es una mujer sin educación y que era poco más que una sirvienta común, a sus ojos, cuando la verdad sobre su relación con Stout salió a la luz pública. Ella es mexicana y su inglés no es muy bueno, así que tienes que escucharla con cuidado.

—¡Papi! —dijo Epifanía acercándose a nosotros. Extendió los brazos hacia él mientras pasaba por entre la multitud. Estaba despampanante con su vestido negro, ajustado al cuerpo y el pelo negro largo liso—. No sabía que venías esta noche. ¡Qué sorpresa! Hace tanto que no nos veíamos. Dale un beso a Epifanía. Está bien. Estamos todos mejor, ¿no?

—Estamos bien, Epifanía.

—Bueno, porque te voy a decir algo. Tú nunca sabes hacia dónde va a salir el pedo cuando Epifanía está en la habitación. —Me miró—. ¿Quién es esta? ¿Por qué me parece conocida?

—Es Lisa Ward —dijo Marco—. Mi nueva autora. Estamos aquí esta noche porque Julián ha expresado interés en su nuevo libro. Puede que lo lleve al cine.

—¿Cómo se llama el libro?

—'*Yo, el zombi*'.

—¡Ay, caramba! A Epifanía no le gustan los zombis. Ellos la asustan. ¿Cómo puedes dormir por la noche?

—Digamos que porque tengo un novio muy alto y muy corpulento que me hace sentir segura de noche.

Ladeó la cabeza hacia Boss. —¿Entonces, ustedes dos, un equipo? ¿Estás teniendo momentos sexis con él? —Me guiñó el ojo—. Un paquete grande, ¿no?

Me sonrojé. —No, no —dije—. Marco y yo no estamos saliendo. Yo estoy saliendo con Tank.

Miró la entrepierna de Marco. —¿Así es como llamas a la pitón que tiene en ese pantalón? ¿Tanque? Veo por qué, bombón. Este chico enoooooooorme. Epifanía salió con él una vez. Pero todo está bien. Amigos ahora. Sin problema. Seguimos.

—Creo que ha habido un mal entendido —dije, decidida a hablarle claramente—. El nombre de mi novio es Tank. En realidad, ese es su apodo. Su verdadero nombre es Mitch. Yo no estoy saliendo con Marco. Estoy saliendo con Mitch.

—¡Oh! —dijo, casi con una expresión de decepción—. Bueno, deberías salir con este también. Es bueno en la cama. —Lo miró—. Solías follar a Epifanía hasta que ella veía dos lunas, nuevos universos y explosiones de estrellas.

—Epifanía —dijo Marco.

—Bueno, es verdad.

—Deberíamos tomar un trago —dijo él.

—Ahora le hacen el desaire a Epifanía. A ella siempre le hacen el desaire.

—Sólo queremos tomar un trago antes de reunirnos con Julián. Muy bueno verte. —Se inclinó y la besó en cada mejilla—. De verdad.

—Bueno. Pero ustedes dos deberían ser pareja. Piénsenlo. Se ven bien juntos. Epifanía puede sentir el calor. —Levantó las manos cuando Marco se aclaró la garganta—. Lo sé, lo sé, Epifanía no tiene filtro. Ella dice lo que quiere decir.

Y con esto, se deslizó entre la multitud.

Miré a Marco con una sensación de incomodidad y vergüenza. Después de todo, sabía más de la cuenta sobre mi editor.

—Bueno, eso fue incómodo —dije.

—¿Te parece?

—Parece como que le falta algo.

—¿Cómo un tornillo?

—Me pregunto cómo dijiste que...

Me miró. —¿Es en serio?

—No sé. Algo dentro de ella, es claro que hay un dolor profundo por algo que no tiene en su vida. Se siente que tiene un gran vacio.

—Divertidísimo.

—¿Martini? —pregunté.

—Sí —dijo—. Y rápido.

CAPÍTULO QUINCE

Cuando llegamos al bar, Marco era tan alto que sobresalía sobre el resto de la multitud y captó la mirada de un camarero de inmediato. Me miró. —¿Ginebra o Vodka?

—Vodka, pero con un *twist*.

Pidió los tragos, los trajeron y Marco se lo bebió de una vez.

—Eso fue rápido.

—¿Quieres otro?

—A duras penas he probado el mío.

—Voy a tomar otro.

—Pídelo.

Lo hizo. Cuando se dio vuelta con él, dijo: —Lo siento. Te dije que ella estaba loca.

—Ella es una loca por algo. Pero ese no es mi problema. Deberíamos buscar a Julián. Creo que estamos aquí para conocerlo, ¿no es así?

—A su debido tiempo.

—¿Para qué esperar? No quieres que otra ex novia te aborde, ¿no? ¿Por qué no reducir las pérdidas mientras puedas?

—Dudo seriamente que haya alguien más con quien yo haya salido.

—¿Salido únicamente?

—Puedes parar de burlarte ya.

—Hmmmm —dije, tomando un sorbo de Martini—. La noche es todavía joven y ya tan memorable.

Me miró y vi en sus ojos un desafío que contrarresté con el mío. Él podría tener el control cuando se trataba de mi libro porque era el editor que adquirió los derechos, pero no me intimidaba, no después de lo que acababa de ocurrir. Marco Boss era un playboy confirmado, y esto era algo que yo no podía tomar en serio. Pero ya lo había molestado lo suficiente. Miré para otro lado y dije: —¡Qué multitud! Uno pensaría que está en los Premios de la Academia. —Mi lengua no conocía límites y no pude contenerme—. O las Tetas de la Academia.

—¿Esto va a seguir toda la noche?

Puse mi mano en su brazo. —Lo dejaré pasar. Anímate. Sólo nos estamos divirtiendo.

—Uno de los dos lo está haciendo con seguridad.

—Mira, tú eres un adulto. En realidad, me importan cinco tus aventuras amorosas.

—No parece así.

—Si has leído mis libros, entonces ya conoces bien mi sentido del humor. Si esto te hace sentir un poco mejor, la que quedó como una tonta fue ella. Tú fuiste educado y la manejaste bien. Nos fuimos tan pronto como pudimos. No te preocupes por lo que dijo.

Terminó su trago, se volteó y lo puso sobre la barra. Yo sólo había tomado tres sorbos del mío. ¿Iba a pedir otro? Dado su tamaño, probablemente lo podría manejar. Pero, sin embargo, estábamos a punto de conocer a un director cuyas películas eran en su mayoría grandes éxitos comerciales Y, ciertamente, yo no necesitaba un editor borracho y humillado.

Pero Boss no pidió otro trago. En cambio, señaló con la cabeza hacia la pista de baile. —¿Quieres bailar? —preguntó.

Esto me sorprendió. —Creo que deberíamos ir...

—Es sólo una pieza, Lisa. Nos reuniremos con Julián después. Está justo ahí ¿Lo ves? Y todavía es temprano. No hemos estado aquí por mucho tiempo. No es como que él vaya a abandonar su propia fiesta con toda esta gente aquí. ¿Entonces? ¿Bailas?

La orquesta comenzó a tocar un vals. Hace años, cuando Jennifer y yo éramos niñas, y hasta la adolescencia, tomamos clases de baile. Bailar un vals, podía hacerlo. La pregunta era si podía manejarlo a él, en este punto.

—Vamos, —dijo—. ¿Por qué no?

Tal vez la pista de baile lo calme un poco, pensé. —Está bien. Una pieza.

Tomó mi Martini, lo puso en el bar y me llevó a la pista. Cuando me arrastró entre sus brazos, me sorprendió ver lo fuerte que era y la gracia con que lo hizo. Con su mano derecha presionando arriba de mi espalda, levantó mi mano derecha hacia su izquierda y comenzó a moverme alrededor de la concurrida pista con facilidad.

—Pensé que no sabías bailar —le dije.

—Las cosas que no sabes de mí.

—Las cosas de que acabó de enterarme.

—Pensé que no íbamos a hablar más de eso.

Me acercó tanto que pude sentirlo contra mi muslo. No estaba erecto, ni próximo, pero podía sentir su longitud y peso y decir, por un detalle, que no llevaba ropa interior. También sentí que, por algún motivo, lo que estaba haciendo era intencional. Entonces, ruborizada, puse algo de distancia entre los dos.

—Te ves sonrojada —dijo.

—Para nada.

Me dio la vuelta y mi vestido se desplegó en el aire, pero él era tan buen bailarín que nunca dejó que yo perdiera el paso.

—Bailas bien —dijo—. ¿Dónde aprendiste?

—Cuando Jennifer y yo éramos jóvenes, nuestras madres se cercioraron de que tomáramos clases de baile.

—Aparentemente, lo hicieron.

—¿Y tú?

—Para ganar dinero extra, mi madre dictaba clases de baile después de la escuela. Le pagaban una mierda como maestra, y tenía que ganar dinero donde pudiera. Le encantaba bailar. Su padre le había enseñado. Fue algo como natural. Nos enseñó a todos los hijos lo que sabía.

—Otra vez, ¿cuántos eran ustedes?

—Siete, conmigo.

—¿Cómo diablos lo logró?

—Ella es una santa —dijo—. Cinco niños, todos tan altos como yo, y dos niñas que fueron problemáticas. Cuando éramos jóvenes, le hacíamos la vida un infierno, pero ya como adultos la hemos compensado. Mi madre sabe lo agradecidos que estamos con ella por lo que hizo por nosotros, aunque no nos hayamos dado cuenta cuando jóvenes.

—¿Como qué hacían?

—Nada serio. Sólo las chorradas normales de cuando se tienen siete hijos. No éramos perfectos, pero ¿quién lo es a esa edad? Por lo menos ninguno de nosotros se drogó, porque ahí sí hubiera sido difícil para ella. ¿Y para mi padre? No lo hubiera sido.

Me dio una vuelta de nuevo y me dejó caer en su pierna, y para mi propia sorpresa pude hacerlo. Cuando me trajo de nuevo en sus brazos, nuestros ojos se encontraron y lo que vi fue deseo. Era tan inconfundible como palpable. Como el vals no había terminado, decidí desviar la conversación en lugar de terminar el baile. No quería que ninguno de los dos pasara una vergüenza si dejaba la pista de baile.

—Extraño a Tank —dije.

—¿Es cierto?

—Sí.

—Me pregunto por qué viene al tema.

—Sólo estaba pensando en él. Están todos volando en este momento.

—Singapur, ¿no?

—Sí, así es.

—¿Pero no es suficiente? ¿Bailar no te lo saca de la cabeza?

—Cuando estás enamorada de alguien, así como lo estoy yo de Tank, nada te lo saca de la cabeza. ¿Nunca has estado enamorado, Marco?

—No estoy seguro.

—Entonces no lo has estado. Porque si lo hubieras estado, estarías seguro. Hubieras dicho "sí" de inmediato.

—¿Desde hace cuánto tiempo andan juntos?

—¿Oficialmente? Sólo como dos semanas. Pero hemos estado saliendo desde hace como tres meses.

—¿Y les tomó todo ese tiempo hacerlo oficial? ¿Cómo así?

—Todo el mundo anda corriendo en estos días. Tank y yo tomamos las cosas con más calma.

—Me pregunto cómo se las arregló.

No respondí porque a veces, en mi relación con Tank, me había preguntado lo mismo. ¿Por qué le había tomado tanto tiempo confiar plenamente en mí? Claro, finalmente descubrí que la mujer con la que había estado por seis años lo había engañado y esto lo había vuelto desconfiado. Pero esto fue hace años. Y aunque nunca supe cuán profundo era ese sentimiento de traición en Tank, ahora sabía que debió haber sido devastador.

Y yo respetaba sus sentimientos.

—Bueno —dije cuando el vals terminó—. Estuvo muy agradable. Hacía años que no bailaba. Gracias.

—No has respondido mi pregunta.

Salimos de la pista de baile, de nuevo entre la multitud. —Eso es porque no pienso hacerlo.

CAPÍTULO DIECISÉIS

Después de que Marco tomó otro Martini, decidió que era hora de conocer a Julián West, que estaba hablando con un pequeño grupo de personas al otro lado del salón.

—Yo me encargo de esto —dijo Boss cuando inclinó la cabeza para hablarme al oído—. Sólo salúdalo, se amable y déjame a mí hacerme cargo de la conversación.

—¿En qué estamos, de regreso a la era victoriana? ¿O peor? Antes, ¿cuando las mujeres no tenían derecho a votar y decir lo que pensaban?

—No es eso lo que quise decir.

—Ya me sorprendía.

—Tengo experiencia en esto —dijo—. Queremos un acuerdo para una película. Sólo estoy pidiendo que me dejes conducir la conversación, así logramos lo que queremos. Eso es todo. No quería ofenderte, Lisa.

Levanté el mentón hacia él —¿Estás nervioso de conocerlo?

—Ya lo conocí antes. ¿Por qué habría de estar nervioso?

—Por toda la cantidad de coraje líquido que has consumido.

—¿Qué quieres decir?

—Has tomado tres Martinis en los últimos cuarenta y cinco minutos. Esos son como nueve copas de vodka. Sé que eres sobrenaturalmente enorme y todo eso, y puedes chupar más alcohol que muchos. Pero quiero estar segura de que lo que digas tenga sentido cuando 'conduzcas la conversación'.

—Te puedo asegurar que estoy bien.

—Espero que sí. Pero no esperes que vaya a hacer de florero decorativo, Marco. No es mi papel. Escribí el libro. Puedo haber vendido los derechos de publicación mundial a Wenn, pero fui lo suficientemente lista como para conservar los derechos de películas. Si el señor West quiere preguntarme algo sobre mi libro, tengo pensado responderle porque tengo el derecho de hacerlo. Ya lo sabes.

—Entonces, ¿te puedo pedir que mantengas tus respuestas tan generales como sea posible?

—¿Cómo puedo hacer eso si me pregunta algo específico? —Hice un gesto con la cara para fastidiarlo—. ¿Y por qué me estás pidiendo esto? ¿Qué te traes entre manos? ¿Por qué debería de mantener las cosas 'generales'? Mi libro tiene detalles específicos que quizá él quiera discutir conmigo.

No respondió. En lugar de eso, levantó los ojos y dijo —West acaba de hacernos señas. Déjame que haga la presentación.

—Estás tramando algo —dije.

—Lo siento. No es así.

En este punto, no tuve más remedio que dejar las cosas así y olvidarme de la desconfianza que sentía por Marco mientras caminábamos. Tenía que preocuparme menos por Boss y más por ser yo misma. Mi carrera dependía de esto.

Cuando nos acercamos a West, tuve que admirarlo. Era un hombre en forma, apuesto, de unos cincuenta años, con la cabeza cubierta de pelo oscuro, grueso, de rizos revueltos. Tenía unos ojos azules intensos enmarcados por unas gafas rectangulares, y aunque no era tan alto como Marco, era sólo unos cuantos centímetros más bajo.

Al parame al lado de ellos, me sentía como una enana.

—Julián —dijo Marco, mientras extendía la mano para saludar a West. ¡Qué bueno verte!

—A ti también, Marco —dijo West—. ¿Desde hace cuánto tiempo no nos veíamos? ¿Un año?

—Algo así.

Me miró con cara de sorpresa. —Cada vez que lo veo está más alto, pero yo soy más viejo que él. Tal vez estoy en ese punto en la vida en que uno comienza a achicarse.

Me reí de su comentario.

Él me sonrió. Su sonrisa con hoyuelos lo desarmaba a uno.

—Supongo que eres Lisa Ward.

—Supones bien —dije.

—Entonces es un honor.

—Tengo que decir lo mismo. Y feliz cumpleaños.

—Gracias.

—Bueno, entonces ahora me voy a poner en el plan de admiradora tuya.

—Hazlo, por favor.

—Me encantan tus películas.

—Te lo gradezco. Y ahora tengo que preguntar, ¿cuál es tu favorita?

—Fácil. Tu remake de *Amanecer de los muertos*. Fue brillante, una total reinvención de un clásico, cambiada a la perfección. La película es pura adrenalina.

—A mí también me gustó como salió esa película, probablemente porque en ese punto en mi carrera se me permitía tener más control sobre los cambios finales. Bueno, ahora, la parte difícil. El desafío real. Si ya te pregunté preguntar cuál es de mis películas tu favorita, entonces ahora necesito una dosis de modestia. ¿Cuál es la que consideras la peor?

—Oh, vamos. Eso no es justo.

—No, no. Es justo. ¿Cuál es la peor? Deja ver si estamos de acuerdo. No me gustan todas, ¿sabes? Al principio de mi carrera, eran los estudios los que tenían la última palabra y el producto final no estaba en mis manos, lo que casi me mata. ¿Cuál no te gustó?

—Uy, no quiero decirlo.

—Sólo dilo.

—Bueno. No me gustó *World Unbound*.

—¿Por qué?

—Era como entrecortada. Tus últimos trabajos fluyen mejor y tienen una energía increíble. Vi *Unbound* años después de haber visto tus películas más recientes. Después de verlas, regresé a tus cosas viejas. Pero no vi mucha conexión con lo que estás haciendo ahora.

Especialmente con *Unbound.* —Me avergoncé de haber dicho esto—. Lo siento...

—No lo sientas...estoy de acuerdo. Tenía treinta y un años cuando hice esa película y cero control sobre ella. El maldito estudio la arruinó. Un día, te enseño mi versión original. Es completamente diferente.

—Me encantaría verla.

—Y aprecio tu honestidad, no muchas personas me aceptan ese pequeño desafío. Intento con todo el mundo, pero la mayoría se niega, Hollywood no es otra cosa que una marea de positivismo falso, lo cual odio porque nunca sabes quién está hablando mierda de ti. No te lo dicen nada en caso de que te necesiten más adelante en su carrera. Pero me dijiste lo que piensas. Entonces, ahora sé que puedo esperar eso de ti. Muy bien.

—Está bien —dije—. Quid pro quo. ¿Qué piensas de mi libro? A muerte. Ataca. Puedo soportarlo.

—En realidad, me encantó —dijo—. Por eso dije que quería conocerte esta noche. He estado hablándole a todo el mundo de él durante las últimas tres semanas. De hecho, varios productores y actores que están aquí esta noche lo van a tener terminado de leer para el final de esta semana. Ellos saben que estás aquí. ¿No se te ha acercado ninguno?

—No aún.

—Lo harán. Ya te estoy vendiendo para mi beneficio propio. Es un libro fabuloso.

No podía creer que me estuviera diciendo eso a mí. —Gracias.

—No, gracias a ti. Y, por cierto, muy bueno el anuncio en el *Times* de hoy y el cartel publicitario en Times Square. Diamantes en los labios, no había visto a nadie que lograra eso. Y lo lograste. Mejor aún, va a hacer que la gente hable de ti, que es clave. Pues eso es exactamente lo que buscabas, ¿no? ¿Alguien te ha reconocido esta noche?

—No que yo sepa.

—Probablemente porque te ves completamente diferente a la del anuncio, que es una ventaja. Al avanzar en tu carrera, obviamente necesitas el equipo de gente indicada para que te ayude a cambiar en otra persona y, más que todo, sorprender a tus admiradores. Esto apenas está comenzando para ti. Espero que lo sepas. Disfrútalo.

—No he visto la publicidad en Times Square —dije—. Parece que la instalaron hoy.

—¿No la has visto?

—No. He tenido un día de los mil demonios.

—¿Por cuánto tiempo la van a dejar ahí?

—Seis meses.

—¡Mierda! ¿Cuándo sale a la venta '*Yo, el zombi*'?

—En tres meses.

—Perfecto. De hecho, mejor que perfecto. Tienes que ir a Times Square y verla pronto. Para apreciar todos los efectos, ve por la noche. Toma fotos. Registra esa mierda. Has que alguien te tome una foto de ti al frente de ella, por Dios. Este es el momento de tu vida en que debes hacer una crónica de todo. ¿Qué dijo una vez Mae West? 'Mantén un diario, que él un día te mantendrá a ti'. Ya verás lo que quiero decir. Conseguiste uno de los lugares más visibles en la plaza. Es inmenso.

—Ahora con más razón quiero verla —dije.

—Mírala más tarde esta noche.

—Listo.

—Acerca del libro de Lisa —dijo Marco interrumpiendo el curso natural de nuestra conversación—, mencionaste que tienes interés en él.

—Absolutamente. Y lo digo de nuevo, me encantó. Lo he leído dos veces. El punto de vista es increíble. Nadie ha hecho algo así antes. El protagonista de Lisa, Marcus, es un zombi, pero no en el sentido tradicional, y eso me atrae muchísimo. No es una cosa muerta que no siente, que no piensa, empeñada únicamente en perseguir gente, atacarla y devorar su carne. Él es mucho más que eso. Piénsalo. ¿Cuándo has sentido por lo que atraviesa un zombi durante su transformación de la vida a la muerte a la… bueno, me imagino a una nueva vida?, si se le puede decir así. Esa es la cosa, con la excepción del monstruo de Frankenstein, que no era un zombi, no has visto nunca esto. Y no sólo es Marcus el que es retratado así. Piensa en cómo Lisa maneja cómo sienten los otros zombis cuando se cuestionan su propia existencia o, mejor aún, cuando atrapan un ser humano. Sienten pérdida, culpa y un claro sentimiento de dolor porque son conscientes de lo que han hecho. Saben que está mal, pero no tienen alternativa porque tienen que darse un banquete. Ella les da compasión, que es algo nunca oído en este género. Y debido a eso, lo lamentas por ellos. Y esto le da un vuelco total al género de zombis. Es totalmente fresco. Tiene que ser una película. De hecho, tiene que ser mi película.

—¿Quieres que sea tu película? —preguntó Boss.

—Diablos, sí. Necesitaremos involucrar agentes y todo eso, pero quiero llevar esto al cine.

Estaba emocionado por producir algo que estaba a punto de ser completamente cambiado y esto me producía un malestar en la boca del estómago. Ahora entendí por qué Boss quería que mantuviera las cosas en un plano 'general'. Si antes no quería que West se enterara de la reescritura, ciertamente ahora mucho menos. Esto podía potencialmente acabar el contrato. Parecería que un contrato era más importante para Marco Boss que decir la verdad.

Pero yo no podía guardármela. Un potencial contrato o no, tenía que decirle a West la verdad. Sabía que sería desastroso para la relación con Marco si lo hacía, pero West merecía saber que el libro que él estaba pensando llevar al cine estaba a punto de ser radicalmente cambiado tras su publicación. Si no se lo decía, sería tan de mala fé como Boss. Yo no mentía y lo que se estaba dando aquí era una mentira por omisión, algo que yo no podía permitir que sucediera.

Entonces, le conté a Julián. Y cuando se lo dije, se quedó mirándome.

—¿Vas a hacer qué con el libro?

—Tal vez Marco pueda explicarlo. Son sus ideas, después de todo. No tengo control sobre el libro. Lo vendí a Wenn. Está fuera de mis manos. Estoy en el proceso de reescribirlo totalmente.

—¿Reescribirlo totalmente?

Asentí.

—Jesús, odio este puto negocio —dijo—. Entonces, no tienes control sobre tu libro como yo no tuve control sobre *World Unbound* y tantas otras películas. —Miró a Marco—. ¿Por qué querrías cambiar el libro?

—Creo que podemos mejorarlo.

—¿Cómo? ¿Cuáles son esos cambios? ¿Mayores o menores? Y no jodas conmigo. Si voy a hacer una oferta por él, lo que estoy dispuesto a hacer esta semana por algunos millones antes de que alguien más se me adelante, porque van a querer hacerlo, quiero la verdad sobre lo que estoy comprando.

¿Millones? Miré a Marco y vi una rabia controlada bajo su actitud profesional.

—Vas a comprar un libro mejor.

—¿Me puedes dar por lo menos algunos detalles?

Marco le contó sobre la nueva sinopsis que había hecho.

Y Julián West dio un paso hacia atrás. —¿Hablas en serio? Eso cambiaría completamente lo que es tan especial del libro.

—No creo. Creo que lo mejorará.

—¿Volviendo a sus zombis clichés gruñidores?

—Eso es lo que el público quiere y espera del género. En mi mundo, uno no juega con una fórmula exitosa. Te lanzas con ella.

—¿En tu mundo? ¿Cuál es tu mundo? ¿Una mantita para sentirte seguro? ¿Qué sabes de lo que la gente espera? ¿O qué quiere? Sólo quieres darle algo que sea seguro. Tal vez lo que el público realmente quiere es algo fresco y nuevo, no sé, *como el libro que escribió tu autora.*

—He estado en este negocio por quince años. Mi trayectoria es excelente. Tú sabes cuantos best sellers he tenido, Julián.

—Eso está bien y es bueno, Marco. Pero no voy a comprar ese libro si se va a cambiar radicalmente. Sí es así, lo siento, pero lo abandono ya mismo. Y dado que el libro no está más en las librerías en línea para leerlo, la nueva versión que estás proponiendo matará cualquier contrato para una futura película. Te puedo prometer eso. Porque, ¿quién diablos querría hacer otra película de zombis si no ofrece algo que no hayamos visto antes y tenga un ángulo diferente? Seguro que yo no. Yo quiero algo fresco y estás a punto de eliminar de su libro todo lo que me gusta.

—No quise molestarte.

—Entonces dame el libro que quiero.

—Los dos sabemos que una vez hayas comprado los derechos para la película, puedes cambiarlo como quieras.

—¿Con qué fin? Si nadie va a estar interesado en tu versión del libro, ¿por qué habrían de estarlo en mi película? El concepto inicial de Lisa habrá desaparecido. El libro no va a estar en la lista de best sellers. Y como no va a estar, no habrá ningún interés en llevarlo al cine. Si sigues adelante con esto, le estás clavando el puñal en el corazón al libro. Le has robado la versión cinematográfica que merece. ¡Lástima!

Al no responder Marco, Julián negó con la cabeza. Luego tomó mi mano y la besó. —Soy amigo de Alex —me dijo—. Esto no ha terminado todavía. No te preocupes por tu libro. Lo quiero. Una versión cinematográfica de él solo traería más dinero para Wenn. Me encargaré de esto por ti, ¿vale?

Después de lo que había dicho, Julián había socavado lo poco que quedaba de mi relación con mi editor. No estaba segura de qué decir y West se dio cuenta.

—Sé que estás en una situación complicada en este momento. No hay necesidad de que digas nada. Hablamos tan pronto pueda hablar con Alex por teléfono. —Miró a Marco—. Son sólo asuntos de negocios, Marco. Espero que no tomes mi interferencia como algo personal.

—Lo hago. Creo que estás cometiendo un error.

—Vale, entonces lo estás tomando como algo personal. Bueno, lo entiendo también. Pero sé qué es lo que quiero, y si voy a poner millones de dólares sobre la mesa y realmente empezar a crear un rumor en torno a su novela, tendrá que ser con la versión original del libro de Lisa, o hasta aquí llega todo. Así que, buenas noches por ahora. —Me guiñó el ojo—. Lisa, fue todo un placer.

Y luego, Julián West, inusualmente tranquilo después del acalorado altercado con Marco, se confundió con la multitud.

CAPÍTULO DIECISIETE

—¿Qué diablos fue eso? —preguntó Marco cuando Julián ya no podía oírlo, pues estaba ya con un pequeño grupo de gente al otro lado del salón. ¿Pero podría otra gente oír a Boss? Eso me preocupaba. La orquesta estaba a mi derecha. La gente estaba bailando. Las cabezas se levantaban y bajaban. Junto con la música, el estruendo de los cientos de personas conversando ayudaba a cubrir en parte su tono hostil.

Si se tratara de una discusión, que yo sabía que lo era, al menos había suficiente ruido como para que pocos pudieran oírlo, si continuaba. Sí él le subía el tono, yo simplemente me iría. No iba a permitir que me hiciera sentir incómoda y de aguantar su mierda en un evento público como este.

—¿Qué qué diablos fue eso? —dije—. Para mí, sonó como un hombre que va detrás de lo que quiere.

—Me lanzaste a los leones.

—Yo no hice eso.

—¿Es en serio?

—Oh, por favor, Marco. Simplemente respondí a sus preguntas, en detalle, como te dije que lo haría. Te lo advertí antes de que me presentaras.

—Te pedí que mantuvieras la conversación en el plano general.

—¿Y qué es eso? Oh, ya me imagino. No querías que él supiera que el libro iba a ser reescrito completamente. Estabas tratando de engañarlo intencionalmente. Pero yo no miento, Marco, ese no es mi estilo.

—Nunca te pedí que mintieras.

—Lo siento, pero al pedirme que mantuviera las cosas en el plano general y que te dejara conducir la conversación, en cierto modo, lo hiciste. Estabas tratando de callarme. Querías una mentira por omisión, pero yo no te la brindé. Punto. Si mentirle a alguien está en mi contrato con Wenn, haz un favor para los dos y muéstrame dónde.

—¿Crees que soy estúpido? Lo comprometiste para dejar tu libro como está.

—Lo siento, pero esa no fue mi intención.

—Pura mierda.

—Pura mierda la tuya. ¿Estaría yo contenta de mantener mi libro como está? Claro que sí. Detesto tus cambios. Pero a pesar de eso he comenzado a hacerlos. Y voy a seguir cambiando mi libro en el libro que deseas. Voy a seguir ajustándome a mi contrato. Así que no me eches en cara esta mierda. Hice lo que hice esta noche porque era lo correcto. Si tienes un problema con eso, yo tengo un problema con tu integridad. Por lo tanto, aquí va una sugerencia: regresa a tus raíces en Texas, Boss. Has estado demasiado tiempo en New York. Lo más detestable, junto a la avaricia de la ciudad, se te han calado en los huesos y te han dado un puto ego. También te han convertido en un mentiroso. Por lo que me contaste de tu familia, si algo de eso se puede creer en este punto, dudo que hayas sido criado para ser un hipócrita. Pero eso es justamente lo que fuiste con Julián West, ¿y sabes lo qué sé? —Le advertí con el dedo—. Mira esto. Lo que sé es que estamos aquí hablando de mi carrera, no de la tuya. ¿Tú crees que voy a dejar que la jodas mintiéndole a alguien? Tienes que aterrizar.

—Y tú tienes que volverte una mejor escritora.

Y hasta aquí llegué yo.

—Se terminó esta noche para mí —dije—. Me voy de aquí.

Di la vuelta para alejarme de él. Lo oí decir que estaba de acuerdo, pero no me importó. Yo ya había acabado.

—Lisa —dijo.

Tenía dinero en mi bolso y también mi celular. No necesitaba su limosina ni su actitud. Yo sólo quería salir de allí y estar lejos de él.

—Vamos —dijo—. Espera.

Yo era muchísimo más pequeña que él y me fue mucho más fácil cruzar por entre la multitud y alejarme de él. Ya estaba cerca de la salida cuando una mujer mayor, de sofisticada apariencia, con pelo negro suelto y hermosamente arreglado me miró, me volvió a mirar y luego me detuvo colocándome la mano sobre mi brazo.

—No hay diamantes en los labios, pero igual te reconocería en cualquier lugar después de ese anuncio —dijo—. Eres Lisa Ward. Escribiste el libro que me hizo cambiar de idea.

—¿Disculpe?

—Soy Helen Young —dijo—. Editora principal de Hatchet House. Leí tu libro cuando llegó al número uno. —Miró hacia arriba y detrás de mí y supe que a quién estaba buscando era a Marco Boss—. Quería comprarlo, pero veo que Boss me ganó. ¡Qué lástima! Nos hubiéramos divertido mucho juntas. Sé que eso es cierto después de leer tu espléndido libro.

—Helen —dijo Boss.

Ella asintió. —Marco.

—Es un placer verte esta noche.

—Ojalá pudiera decir lo mismo —dijo—. Pero estoy un poco molesta contigo Marco, haberme robado este talento. No es justo. Para nada. Tú y yo sabemos que un talento como este no se presenta todos los días. Su libro es fabuloso. Y lo que está en boca de todo el mundo es que Julián West lo quiere llevar al cine. ¡Qué suerte tienes!

Oh, voy a rentabilizar esto, pensé.

—En realidad, eso está ahora en discusión —dije.

Ella me miró con sorpresa. —Pero acabo de oírlo hace un momento. Esta es la fiesta de cumpleaños de Julián, y la gente está hablando de lo que sigue para él y la respuesta fue tú. ¿Qué podría haber pasado desde entonces?

—Nuestra conversación con Julián. Me temo que no habrá película en absoluto, porque mi libro necesita ser reescrito completamente. Julián lo prefiere tal cual está ahora y no quiere que ninguna parte se reescriba o se cambie.

—Además, no debería hacerse. Es brillante como está. —Entrecerró los ojos—. No lo entiendo. ¿Por qué motivo necesita 'ser totalmente reescrito', como tú dices?

—Marco tiene otras ideas para el libro. No es suficientemente atractivo para el mercado masivo según él, así que me dio una sinopsis más convencional, lo que quiere decir ir con el cliché que se ha probado es comercial. Tú sabes, gruñidos, festines, zombis sin mente que tienen cero conciencia y que no batallan con su compulsión. Eso es lo que él quiere y eso es lo que tendrá. Estoy bajo un contrato y no tengo más remedio que entregarle esa versión de mi libro a él. Arriesgando mi nombre, claro. Y al costo potencial de mi carrera, también. La idea original detrás de la historia nunca va a tener ningún impacto y nunca va a ser la misma. Ni parecida.

Ella lo miró. —¿Estás loco? El libro necesita un poco de trabajo, lo acepto. Algún refuerzo aquí, quizá un poco más de enfoque allá. Pero eso es todo. ¿Qué estás haciendo? —Nos miró y dio un paso hacia atrás—. ¿Y por qué siento que acabo de pararme en un avispero?

—No hay ninguna discusión —dijo Boss.

Me reí. —Más mentiras —dije. Le extendí la mano a Helen Young y se la apreté—. Fue un placer. Bajo otras circunstancias, me hubiera encantado hablar por más tiempo. Quizá un día lo hagamos, mi contrato con Wenn es sólo por tres años. Entonces recuerda esta noche. Recuerda lo que leiste antes de la publicación. Si todavía estás interesada, ¿tal vez podríamos hablar en un par de años?

—Me encantaría.

—¿Me podrías hacer un favor? —pregunté.

—Ella frunció el ceño. —¿Un favor?

—Me voy sin él. Si no te molesta entretenerlo hasta que pueda conseguir un taxi y alejarme de todo esto y especialmente de él, te lo agradecería. Ha sido un placer conocerte. Gracias por los amables comentarios sobre mi antiguo libro. Te lo agradezco más de lo que te imaginas, especialmente ahora. Buenas noches, Helen. Y por favor, no me olvides.

Y después de esto, yo estaba afuera, pero no sin Marco Boss justo en mi trasero. Parece que íbamos a ventilar esto afuera.

Muy bien, pensé. *Adelante.*

YA AFUERA, ME ALEGRÉ de no haber dejado mi capa a la entrada cuando llegamos a la fiesta, por el frio que hacía. Me envolví en esta mientras buscaba un taxi, aunque parecía que no había ninguno.

Estoy en una calle lateral, pensé. *Tengo que llegar a Park. Ahí, puedo tomar un taxi fácilmente.*

Cuando Boss salió furioso de la casa, lo rechacé. No me afectaba en lo más mínimo. Había cruzado demasiadas líneas. Que se enfrentara conmigo, no me importaba. Yo sólo había sido honesta y profesional esta noche. Me negaba a compartir sus mentiras. Que se joda. Que se jodan sus negocios.

Ahora me arrepentía de haber firmado mi contrato con Wenn. Pero, era vinculante y lo respetaría. La pregunta que enfrentaba con la reescritura era esta: ¿cuántos de los cambios de Boss mejorarían el libro? Probablemente, al menos algunos. Yo sabía que a mi libro le faltaba mucho para ser perfecto. Pero él también está bajo la mira. La publicación del libro está prevista para el 30 de marzo, dentro de pocos meses. Si cambio sólo parte de mi libro, aquellas partes que pienso que realmente lo mejorarían, ¿qué me puede hacer él? ¿Reescribir el libro el mismo? Muy difícil. La fecha de publicación ya fue anunciada. Con esto, yo lo tenía por las bolas y yo lo sabía, aunque él no.

—Taxi —llamé desde la acera.

—¿Por qué haces esto? —me dijo—. Tenemos una de las limosinas de Wenn esperándonos aquí.

Extendí la mano y miré hacia abajo de la calle donde unos taxis comenzaban a acercarse cuando la luz del semáforo cambió, pero desafortunadamente estaban ocupados. —Taxi —dije de nuevo.

—No me ignores.

Me volteé hacia él. —Te advierto, Boss. ¿En este momento? ¿Contigo aquí? Me siento amenazada. No me hagas llamar al 911.

—Dudo mucho que lo hagas.

—Entonces no me conoces.

Dio un paso hacia mí y se acercó incómodamente. —No te estoy amenazando. Te estoy ofreciendo llevarte a casa.

—Aléjate de mí —dije—. No quiero tener nada que ver contigo. Déjame sola. Ya te dije que tendrías tu libro. Ahora, apártate y deja de acosarme.

Estaba en la calle, buscando desesperadamente un taxi cuando, en un arranque de ira, él me arrancó el bolso de la mano. Mi celular y lo que tenía de dinero en efectivo estaban ahí. El bolso cayó en la calle cerca a la acera. Pude recuperarlo, pero cuando lo hice, él estaba justo a mi lado. Amenazante. Sentí que había demasiado alcohol en él. Posiblemente por eso se sentía infalible.

El miedo se apoderó de mí, ¿me pondría ahora las manos encima? Me alejé de él, fui a la acera y saqué mi celular del bolso. —Déjame ahora o llamo a pedir ayuda.

—No eres capaz —dijo—. Toda tu carrera depende de mí.

—Oh, por favor. Estás borracho.

—No lo estoy.

—Sí lo estás. O casi. Pero déjame preguntarte algo, Marco, ¿tú realmente crees que toda mi carrera depende de ti? ¿Es en serio? ¿Tú crees que mi carrera gira únicamente en torno a tu influencia? Qué broma. ¿Escuchaste lo que la gente me dijo esta noche? ¿Oíste lo que Helen Young me dijo hace un momento? ¿Lo que Julián West me dijo?

—No interesa lo que los demás te digan. Ninguno de ellos tiene un contrato contigo. Yo sí.

—¿Por qué te estás tambaleando en la acera?

—No lo estoy.

—¿Cómo que no lo estás? Mírate, estás borracho. ¿Y después de lo que me hiciste? ¿Tirar mi bolso al piso? Me siento amenazada. Lidia con esto. —Marqué 9-1-1. Puse mi teléfono con altavoz así él podía oír la voz del despachador—. Estoy siendo amenazada —dije cuando el hombre contestó.

—¿Dónde está usted, señora?

Cuando le di la dirección, Marco Boss, con la cara enrojecida de furia e incredulidad, volvió a la casa.

—De hecho —dije—, la amenaza de llamarlos parecería haber hecho el trabajo.

—De todas formas, tenemos que mandar un vehículo y asegurarnos, señora.

—Está bien —dije—. Entiendo. Le agradezco su apoyo en este momento, lo que sucedió es más que inquietante. Venga tan pronto como pueda así puedo escapar de él.

CUANDO LA POLICÍA LLEGÓ diez minutos más tarde, les conté lo que había sucedido y que me había sentido amenazada. Pero entonces tomé una decisión. Podía aplastar a Boss ahora, ¿pero con qué fin? Era mejor lidiar con Boss a través de Alex, quien seguramente iba ser más brutal. Si lo denunciaba a la policía, sólo causaría un escándalo, lo que ninguno de nosotros quería.

—No sé quién fue —dije—. Obviamente alguien en la fiesta. Tengo un nuevo libro que está saliendo. Y en el *Times* de hoy hay un gran anuncio de él. Hay otro anuncio con mi cara en Times Square. Él, obviamente, me reconoció de uno o del otro, y por cualquier motivo, me atacó. Me asusté.

—¿Lo puede describir?

—Claro que sí. Alto. Moreno. Con esmoquin.

El oficial parecía decepcionado. —¿Eso es todo? Podría ser cualquiera.

—Todo pasó tan rápido, me temo que esto es todo lo que recuerdo. Desafortunadamente. Lo siento mucho. Sucedió en cuestión de minutos. Estoy más que agradecida de que hayan venido.

—¿Qué necesita ahora señora?

—Un taxi para salir de aquí y llegar a casa.

—Entonces déjenos conseguirle uno —dijo—. Sígame.

CAPÍTULO DIECIOCHO

Cuando entré al taxi, le agradecí al policía por haberse tomado el tiempo para asegurarse de que yo estaba bien. Luego le pedí al taxista que me llevara a 800 Quinta Avenida. Y cuando me hundí en el asiento y comenzamos a cortar el tráfico, deseé que Tank estuviera conmigo. ¿Después de esa noche? Lo extrañaba hasta el punto de vibrar por todo mi cuerpo.

Sólo dos semanas más antes de que él esté en casa, pensé. *Fantástico.*

¿Qué diablos había sucedido esa noche? ¿En qué momento se estropeó todo? Estaba segura que buena parte de esto tuvo que ver con los tres Martinis que Boss se tomó en tan corto tiempo.

Mientras lo pensaba, me di cuenta de que no importaba qué tan grande fuera. Su hígado podría haber absorbido las dos primeras de las nueve copas de vodka, ¿pero las otras siete? Se fueron derecho a la cabeza de Boss y lo que reveló de él fue que era, obviamente, un borracho furioso cuando lo presionaban sus colegas, como esta noche. Primero fue Julián Boss y luego Helen Young, cada uno de los cuales había destrozado su idea de cambiar radicalmente mi libro.

Salió a la luz el monstruo en él, pensé. *¿Qué me espera ahora?*

¿Quién sabe? Lo que yo sabía era que no iba a seguir involucrándome en este enredo porque ya sabía que Julián iba a intervenir. Mejor mantener la cabeza gacha, seguir escribiendo el libro y cumplir con mi contrato hasta que algo, si acaso, sucediera.

Le contaría a Tank lo que sucedió porque antes muerta que guardar secretos con él, y probablemente a Blackwell también. ¿Pero a Jennifer y a Alex? A la larga, les contaría. Pero ahora no era el momento adecuado, estaban demasiado ocupados. Si Julián West quería llamar a Alex, esa era su decisión. Por mi parte, esperaría hasta que regresaran para contarles lo que había sucedido esta noche.

Miraba a través de la ventana y veía la ciudad pasar a toda velocidad cuando mi celular vibró dentro de mi bolso. ¿Quién me podría estar llamando ahora? No podía ser Tank, estaba volando. Saqué mi teléfono y vi que era Boss. No tenía nada que decirle, y si él tenía algo que decirme, podía dejarlo en mi buzón de voz. Dejé caer el teléfono de nuevo en mi bolso y, ansiosa y deprimida por lo terrible que habían salido las cosas, se me ocurrió una idea.

Ve a Times Square. *Ve y mira tu cartel publicitario.*

Julián mismo lo había sugerido. Y en este momento, me gustaba la idea, ver el cartel publicitario me levantaría el ánimo. Me incliné hacia el conductor y le dije: —Cambio de planes. ¿Le molestaría dejarme en Times Square?

—No hay ningún problema. ¿Dónde, señora?

—Justo en la plaza. Escoja una esquina donde esté gran parte de la acción. Encontraré lo que estoy buscando.

—Claro que sí.

Cuando llegamos a la plaza, eran algo más de las nueve y esta trepidaba por la actividad, como siempre. El frio no afectaba en lo más mínimo a los turistas, a los que tenían abiertos las tiendas y restaurantes y a los que vendían sus mercancías en las aceras. Sabía que estaba vestida ridículamente elegante para esta zona de la ciudad, pero ¡qué diablos! Con seguridad no me iba a quedar mucho tiempo. Sólo quería ver dónde habían colocado el anuncio, tomarle una foto con mi teléfono, saborear el momento y luego regresar a casa.

Bajamos por la 47 hasta donde se encuentra con la Séptima y le pedí al conductor que me dejara en el Doubletree Hotel que quedaba justo al frente de la tienda TKTS y las gradas detrás. Cuando se orilló, le pagué y salí del taxi. Después crucé la 47 hasta la amplia diagonal que corta parte de la Séptima Avenida. Allí, con las plumas de avestruz en el cuello haciéndome cosquillas en la garganta, me quedé de pie tiritando y mirando el destello de anuncios a mi alrededor.

Me tomó menos de treinta segundos encontrar el mío, que dio la casualidad estaba puesto en el Doubletree Hotel mismo.

Como todo el mundo había dicho, era enorme, y cuando lo vi me llevé la mano a la boca. Después de esta noche, no sabía qué iba a suceder con el contrato con Wenn Publishing, así que aproveché el momento, saqué mi teléfono del bolso y tomé varias fotos del cartel en rápidas sucesiones de luz.

Fue en este momento que mi noche se volvió aún más surrealista.

Lejos a mi derecha, oí a un hombre pronunciar mi nombre con voz interrogante. —¿Lisa?

Me volteé para ver quién era. Y aunque lucía mucho más viejo de lo que estaba la última vez que lo vi y, francamente, un poco golpeado por la vida con unos jeans holgados y una gorra de béisbol manchada, lo reconocí. Era mi primer novio, Kevin Ryan. El hombre que tomó mi virginidad cuando tenía diecisiete años.

¿Cómo podía ser esto?

—¿Kevin? —dije—. ¿Eres tú?

Avanzó hacia mí, con las manos en los bolsillos. Cuando estaba cerca, pude ver una marcada diferencia en él. Su pelo castaño, siempre cuidadosamente arreglado cuando salíamos juntos durante esos dos años, estaba abundante y despeinado. Tenía una barba sin afeitar de por lo menos tres días, que sólo lo hacía ver más viejo. En lugar de verse de veinticinco, parecía como de cuarenta. O estaba de vacaciones de dondequiera que trabajara y no le importaba su apariencia, lo cual no correspondía al Kevin Ryan que yo conocí, o estaba pasando por tiempos difíciles. Esperaba que no fuera esto último.

—Pareces sorprendida —dijo.

—Claro que estoy sorprendida. No todos los días me encuentro por casualidad con alguien de Maine en Times Square a las nueve de la noche.

—¿Simplemente alguien? —dijo. ¿Qué tal tu primer novio?

—Correcto. Mi primer novio.

Miró mi vestido, mi bolso, mi capa. —Probablemente no te encuentras con muchos de tu vida pasada, vestida así.

—Estaba en una fiesta esta noche —dije—. Casi nunca uso esto en casa.

—¿Fuiste sola?

—No exactamente. Fui con mi editor.

—Mirándote, me imagino el tipo de fiesta que debió haber sido.

—Lo fue. —Pero no quería hablar sobre eso, entonces negué con la cabeza. —Sigo sin creer que estás aquí parado. No te he visto en años.

Levantó la cabeza y me miró como si le hubiera hecho un desaire. —No eres la única que se fue de Maine, Lisa. Estoy viviendo aquí desde hace cuatro años.

Entorné los ojos. —No es eso lo que quería decir. Perdimos contacto. Yo estoy aquí sólo desde mayo pasado. Con Jennifer.

—Jennifer —dijo. —Creo que no le caigo muy bien a ella.

—Jennifer siempre ha sido muy protectora. Tú sabes.

—Es un maldito pitbull.

—De hecho, es mi mejor amiga.

—Lo que sea.

Lo miré y me pregunté si el frio que sentía en este momento tenía que ver más con su estado de ánimo que con el aire de la noche.

—Bueno, parece que la vida ha sido generosa contigo —dijo—. Poca gente que conozco de Maine está disfrutando de un éxito como el tuyo en este momento. Ya rica y famosa. Esperemos que no se te haya subido a la cabeza. —Se acercó a la valla publicitaria—. Te vi sacándole fotos. Eso fue lo que pescaron mis ojos. Bueno, eso y cómo estás vestida, tan elegante.

A pesar del insulto, traté de mantener el ambiente calmado. —No se me ha subido a la cabeza, Kevin. De hecho, todavía no puedo creerlo. Por eso estoy sacando las fotos. Quiero recordar este momento. Puede no volver a suceder.

—¿No lo crees? —buscó en los bolsillos de su chaqueta y sacó un paquete de cigarrillos—. ¿Quieres uno? —preguntó.

—¿Ahora fumas?

Se sonrió y cuando lo hizo, se acercó tanto que pude sentir el olor a alcohol en su aliento. *Whisky*, pensé. —Sí, fumo. Entre otras cosas.

¿Entre otras cosas? ¿Qué le pasaba? Había un trasfondo entre los dos que no se había resuelto. Kevin y yo tuvimos una ruptura complicada, pero esto pasó hace seis años. Con seguridad, él ya la había dejado atrás en este momento. Entonces, ¿por qué sentía que tenía un problema conmigo? ¿O estaba sacando demasiadas conclusiones del choque de verlo aquí en ese estado? No sabía. Pero mirándolo, sabía que algo andaba mal. No era el Kevin que yo recordaba.

Encendió su cigarrillo y me echó directamente la humareda que alejé con la mano.

—Perdón —dijo—. Probablemente vas a tener que llevar eso al lavado en seco.

—¿Hay algún problema, Kevin?

—No, ninguno.

—Porque no pareces el mismo.

—¿El mismo? Sabes, me pregunto. ¿Quién soy yo en este punto?

—¿En qué punto?

—Este punto.

—Me imagino que no sé.

—La gente cambia —dijo—. Mírate a ti. Claramente has cambiado.

—Dijiste que estás aquí desde hace cuatro años. —¿Dónde vives?

—No en la Quinta Avenida como tú.

Abrí los ojos sorprendida. —¿Sabes dónde vivo?

—Podría haberte visto antes un par de veces.

—¿Por qué no me saludaste?

—No se me ocurrió.

—¿Por qué no se te ocurrió?

—No sentía ganas.

—¿Por qué esta noche es diferente?

Dio una pitada al cigarrillo y no respondió. Esta vez, echó el humo por encima de su cabeza.

—No me respondiste —dije—. ¿Dónde vives?

Pensó por un momento, y estiró la mano que tenía libre y la pasó a mi alrededor. —Yo vivo aquí —dijo—. En las calles. Yo vivo donde pueda encontrar un callejón tibio para dormir y donde tiren la comida más fresca.

—¿No tienes casa? —Dije.

—¿Dije eso?

—Lo implicaste.

—Tengo una casa —dijo—. Está a tu alrededor. ¿Ves cómo es de colorida? El alquiler es barato, también.

Oh Dios mío, es un indigente. ¿Qué le pasó?

—¿Qué te trajo aquí esta noche? —pregunté.

Dio otra pitada al cigarrillo y dijo entre una bocanada de humo. — Hace como una hora vi tu aviso en el *Times* de hoy. Se lo mostré a un amigo y le conté que habíamos salido alguna vez. Él reconoció el aviso y me dijo que tenía que venir a Times Square y ver la versión en valla publicitaria. Y aquí estoy. Y tan impresionado como tú. Estaba mirando la valla cuando llegaste. ¿Tiene sentido que hayas venido al mismo tiempo que yo? Para nada. Pero aquí estamos. Afrontémoslo.

Sabe dónde vivo. ¿Me habrá seguido?

—¿Qué piensas de la valla? —pregunté sin saber qué decir sobre eso o su situación.

—¿Esos diamantes están pegados a tus labios?

—Sí.

—Es como exagerado.

—De eso se trataba.

—¿Por qué?

—Al parecer, para hacer que la gente hable de mí.

—¿De ti?

—Esa era la idea.

—Bueno, con esos labios, la gente definitivamente está hablando de ti. La pregunta es qué está diciendo.

—Entonces, ¿no te gusta...?

—No he dicho eso. Dije que no sé lo que la gente está diciendo. ¿Por qué pones palabras en mi boca?

Lo miré durante un largo rato. —¿Qué te ha pasado, Kevin? ¿Por qué vives en la calle?

—Porque soy un borracho. Y consumo metanfetaminas. Algunos dirían que esto fácilmente me llevaría a donde estoy hoy.

—Pero hay programas para gente como tú.

Levantó una ceja. —¿Gente como yo?

—Tú sabes a lo que me refiero.

—En realidad, no. Y no necesito tu consejo. Es paternalista, especialmente después de verte toda plasmada en el *Times* de hoy y ahora en Times Square. —Se me acercó tanto que, a decir verdad, me dio susto. Sacó un dedo y lo metió, de una forma indiscreta, entre las plumas de avestruz alrededor de mi cuello. —Llevas puesta esta mierda pretenciosa y ¿te atreves a juzgarme?

Tenía que salir de aquí. —No te estoy juzgando.

—Entonces dame dinero.

—¿Para qué? ¿Para las metanfetaminas?

No respondió. En cambio, se quedó mirándome. Lo tenía tan cerca que podía oler el trago y tabaco en su aliento. Mi corazón comenzó a latir más rápido. No me sentía segura. Me alejé de él y comencé a buscar un taxi.

—Entonces, ¿qué? ¿Ahora te da miedo de mí?

—¿Me seguiste hasta aquí?

—Que hice ¿qué?

—Sabes dónde vivo. Quiero saber si me seguiste hasta aquí.

—¿Estás jodiendo conmigo?

—No creo en coincidencias.

—Pues es hora de comenzar a creer en ellas, nena.

—Yo creo que me estás siguiendo.

—No eres esa gran celebridad, Lisa. Al menos, no todavía. No te hagas ilusiones.

—No me hago ilusiones.

—Entonces ¿por qué te ves tan asustada?

—No me asustas.

—¿De verdad? Porque parece como si fueras a salir corriendo ahora mismo. Como todo el mundo.

No respondí.

—Tú y yo solíamos estar enamorados —dijo—. ¿Por qué no podemos enamorarnos otra vez?

—Porque esa parte de nuestras vidas ya se acabó.

—Yo creo que es porque estás en una relación. Las relaciones terminan todos los días. Termina la tuya con él ahora.

Me volteé hacia él. —¿Cómo sabes que estoy saliendo con alguien?

—Porque te he visto con él.

—¿Qué quieres decir con que me has visto con él?

—Porque ando por ahí.

—Entonces, me has estado siguiendo.

—¿Qué pasa si es así?

—Si es así, entonces tienes que dejar de hacerlo.

—Jódete. Haré lo que quiera. Sólo porque puedes darte el lujo de vestirte toda elegante y tienes tu cara plasmada en vallas no quiere decir que yo te pertenezca. O que eres mejor que yo. Sólo quiere decir que eres una vendida al capitalismo.

—No me conoces ahora, Kevin.

—Yo sé esto de ti, parece que vas a hacer lo que sea con tal de vender tus libros a través de una imagen manipulada, falsa y fabricada. Diamantes en los labios. ¿De verdad? La Lisa que yo alguna vez conocí nunca hubiera hecho eso.

—La Lisa que creció contigo era todo lo pobre que recuerdas. Si eres coherente en este momento, lo cual cuanto más hablamos más lo dudo, recordarás lo mucho que yo quería ser una escritora exitosa. Si una valla publicitaria es lo que se necesita para ayudarme a transformar en esa persona, pues que así sea. Si tienes algún problema con eso, me importa un carajo. No me importa. No tienes la menor idea de todo por lo que he pasado en estos últimos años para llegar a este punto. No tienes la menor idea de cómo he trabajado de duro y cuánto he sacrificado. Me tomó años, trabajando dieciocho horas diarias para llegar a este punto. Pero aquí estoy. Tuve suerte, y ¿adivina qué, Kevin? Yo sigo queriendo vivir el sueño del cual una vez te hablé cuando salíamos. Sigo queriendo ser una autora que publica tradicionalmente. Lo quiero tanto ahora como cuando éramos jóvenes. Nada ha cambiado para mí. Y si tienes un problema con eso, es tu problema. Yo sigo teniendo mis sueños. Lástima que tú los hayas abandonado. Ahora, déjame en paz.

—No creo que quieras eso.

Saqué la mano para parar un taxi. —Claro que no.

—¿De verdad?

—De verdad.

—Porque hay un motivo por el cual deberías hacerlo —dijo.

—¿Cuál motivo podrías tener?

No respondió inmediatamente. —Tú fuiste mi primer amor —dijo—. Yo el tuyo.

—Estos fue hace mucho tiempo.

—Entonces, ¿ahora no soy lo suficientemente bueno para ti?

—Ahora estoy saliendo con otra persona, como parece que has visto.

Tomó una última pitada de cigarrillo, lo arrojó a la mediana y luego lo aplastó con el zapato. —Tienes que tener cuidado conmigo —dijo.

—¿Qué significa eso?

—Tienes una memoria corta.

—No entiendo de qué estás hablando.

—¿De verdad? Yo creo que sí. —Hizo una pausa—. Todavía tengo esas fotos tuyas, ¿sabes?

Había claramente una amenaza en sus palabras. Bajé la mano. Sabía de lo que estaba hablando y sentí que el miedo me invadía, pero me hice la tonta. —¿Cuáles fotos?

—Tu sabes cuáles fotos. Donde estás desnuda. Todavía las tengo. ¿No sería una lástima que fueran filtradas a la prensa el día del lanzamiento de tu libro?

—Tomaste esas fotos sin mi consentimiento. No tenía idea que las tenías. Yo estaba dormida cuando las tomaste.

—En el Motel 6 en Bangor, creo, poco después de follarte. No importa. Son claramente de ti.

—¿Me harías eso?

—Oh sí. Te dije, estoy pelado. Quiero algo de dinero. Así que dame un poco de tu puto dinero.

—No te voy a dar ni mierda.

—Acabarás por hacerlo. Al final no tienes más remedio que comprar esas fotos. Yo sé dónde vives. Puedo ponerme en contacto contigo cuando lo necesite.

—¿Qué te pasa? —pregunté—. Yo no te he hecho nada. ¿Por qué me tratas así?

—Porque necesito dinero para mi metanfetamina, nena. Estoy cansado de vivir en la calle. Estoy cansado de tragar mierda como comida. ¿Cómo lo veo? Tú eres mi boleto para salir de esto.

—Mi novio es un ex *marine*. SEAL. Te va a joder si intentas algo así

—Es un tipo grande. Lo admito. Pero lo que tengo en mi poder es más fuerte que él.

—¿Por qué me harías eso a mí? Yo no te he hecho nada.

—Te lo acabo de decir. ¿Estás sorda, maldita sea? Soy un drogadicto. Un millón de dólares y esas fotos son tuyas. No habría humillación así, nena. Tu carrera podría continuar ilesa.

—Inténtalo y vas a estar en la cárcel durante años por extorsión.

—¿De verdad? De aquí a que eso llegue a la corte ya se habrán publicado tus fotos. El daño estaría hecho. Tu carrera estaría arruinada.

Y me pregunto cuánto tiempo tardarían en encontrarme en esta ciudad, asumiendo que me quedara aquí. No soy tonto. Me podría ir a otra parte, algún sitio en el sur, este, oeste, norte, y amenazarte desde ahí.

Vi un taxi que venía en mi dirección y lo llamé extendiendo el brazo. Estaba aturdida. Nunca antes había sentido ese miedo. Lo que él estaba diciendo me aterrorizaba especialmente por lo cerca que estaba de mí. Sentí que quería golpearme. En sus ojos sólo había odio.

El auto paró a mi lado y, con prisa, abrí la puerta y me deslicé adentro. Pero antes de que pudiera cerrar la puerta, su mano la sujetó, impidiéndome cerrarla.

—¡Aléjate de mí! —grité.

—¡Oiga! —dijo el conductor—. Deje tranquila a la señora.

Le di un puño en los dedos, pero yo no era lo suficientemente fuerte. No la soltó. En cambio, se rio simplemente, se inclinó sobre el coche y me dijo unas últimas palabras. Ahora que no tenía la brisa y su cara estaba tan cerca de la mía, podía olerlo perfectamente y sentí lo miserable de su olor.

—Cúbrete las espaldas, Lisa —dijo—. Nunca sabes cuándo voy a volver a aparecer. —Comenzó a cerrar la puerta—. O, para el caso, lo que te haré cuando lo haga.

OTROS LIBROS DE CHRISTINA ROSS

Jennifer y Alex:
Aniquílame: Volumen 1
Aniquílame: Volumen 2
Aniquílame: Volumen 3
Aniquílame: Volumen 4
Aniquílame: Volumen 5 (Navidad)
Lisa y Tank:
Desátame: Volumen 1
Desátame: Volumen 2
Desátame: Volumen 3
Jennifer y Alex:
Aniquílalo: Volumen 1
Aniquílalo: Volumen 2
Aniquílalo: Volumen 3
Aniquílalo: Navidad

¡Lea los primeros cuatro capítulos de *Aniquílame*!

ANIQUÍLAME
VOLUMEN 1

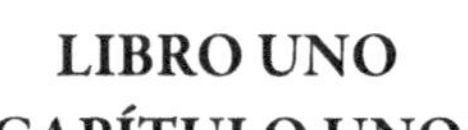

LIBRO UNO
CAPÍTULO UNO

Nueva York
Agosto

EN MI ASFIXIANTE APARTAMENTO de una habitación en el East Village, un campo de prisioneros, me paré frente al estrecho espejo colgado de la puerta rota del armario y vi una versión más vieja y desarreglada de mí que me miraba fijamente. Me pregunté quién demonios era esa: ¿Una pariente lejana, una hermana desaparecida hace mucho tiempo, mi horrible hermanastra? ¿Todas las anteriores? Por otra parte, estaba demasiado distraída con el sudor que comenzaba a asomar a través de mi blusa blanca como para ponerle cuidado.

¿Qué estoy pensando? Me veo ridícula. Ni siquiera el hielo en la nevera podría mantenerse fresco con este calor. Llama y cancela. Diles que alguien murió en tu familia. ¡Mi pelo!

—Esto no va a funcionar— me dije en voz alta. —Mi maquillaje se ha comenzado a correr, mi pelo es una maraña gracias a la humedad y el Hudson está seco a mi lado. ¿Por qué no pude haber conseguido un trabajo en mayo o junio? ¿O incluso, julio? Podría estar en este momento en una oficina cómoda con aire acondicionado, haciendo mi trabajo, chismorreando con mis elegantes colegas, riéndonos apoyados contra el congelador de agua y recibiendo algo que aparentemente nunca veré en esta ciudad: un cheque. Pero, ¡oh no! Por no sé qué motivo, nadie quiere contratarme. Así que hoy iré y me sentaré delante de otro fastidioso encargado de recursos humanos que me tomará como que no valgo la pena y me enviará de regreso a casa.

Esperé una respuesta, pero nunca llegó.

Tomé una revista de debajo de mi cama y comencé a abanicarme con ella. Caminé hasta la entrada de la puerta que da al salón y encontré a mi mejor amiga y compañera de apartamento, Lisa Ward, tecleando rápidamente en su MacBook Pro. Estaba por terminar su segunda novela que publicaría en pocas semanas en Amazon. Por el éxito de su primer libro, que estuvo en la lista de los 100 más vendidos, yo sabía que mis días con ella estaban contados si este libro también despegaba. Y esperaba que así fuera, solo por ella. Había trabajado muy duro y se lo merecía. Por lo menos una de nosotras podría disfrutar de la vida.

—Estás terriblemente callada— dije.

—Porque mientras que tú te ponías histérica, yo tomaba nota. Voy a usar esta rabieta para una escena en mi próximo libro. Estuviste brillante.

—¿Me vas a poner en tu libro?

—Voy a poner tu diatriba en el libro.

—Cuéntame si voy a participar de las ganancias.

—¿Qué tal una salida a comer? ¿A un puesto de perritos calientes? Eso podemos permitírnoslo.

—No tengo problema. Yo soy de sopa de fideos Ramen.

Lisa se quitó su pelo rubio de la cara, lo recogió en una coleta y se volvió para mirarme. Su piel brillaba por el calor, pero aún desde donde yo estaba, se veía limpia. Lisa era una de esas chicas jóvenes, bonitas, que pueden salir sin maquillaje y siguen viéndose impecables. A menudo ella decía lo mismo de mí pero yo nunca lo creí. Yo nunca he visto lo que otros ven en mí. Ya me gustaría tener la seguridad de Lisa.

—Bueno, ¿dónde es esa entrevista?

—En Wenn Enterprises.

—Nunca la había oído nombrar, claro que yo no soy del mundo de los negocios. ¿Cuál es el trabajo?

—¡Oh, esto te va a encantar!

—¿Qué?

—Puedo tener mi maestría en negocios, tú sabes, que me dejó con una deuda de cuarenta mil dólares, pero como el problema real es que estoy en bancarrota, estoy detrás de un puesto de secretaria.

—Jennifer...

—No. Está bien. Wenn Enterprises es un conglomerado con mucho éxito. Esto es lo que estoy pensando: si puedo entrar como secretaria, alguien verá algo en mí y en pocos meses tendré el trabajo que estoy buscando.

—Te dije que te puedo dar dinero. El libro va bien, y este está mejor que el primero. Le puede ir mejor.

—Te lo agradezco, Lisa, pero necesito salir de este enredo yo sola. Todavía me quedan algunos ahorros, los suficientes para pagar el alquiler del próximo mes, pero luego no sé qué voy a hacer. Si no consigo un trabajo, voy a tener que volver a casa.

—¿Por qué tendrías que irte de Nueva York a Maine? Por qué tendrías que regresar a Bangor con esos padres castrantes que tienes? Ellos solo te deprimen.

—La verdad es que mi cuenta bancaria es como una bomba de relojería a punto de explotar. Desde que llegamos aquí en mayo, he sido muy frugal: nada de bares, ni de hombres, ni comidas afuera, ni ropa nueva, ni siquiera un *latte*. He hecho lo que tenía que hacer, si no ya habría tenido que salir de aquí a finales de junio.

—Bueno— dijo ella, —tal vez deberías considerar un trabajo como camarera en alguno de los mejores restaurantes de la ciudad. Podrías ganar dinero ahí durante la noche y buscar trabajo durante el día. No sería fácil, pero si de algo de lo que estoy segura con respecto a ti, Jennifer, es que eres trabajadora. Los camareros en algunos de estos restaurantes hacen buen dinero. Más de cien mil dólares anuales no es algo raro aquí,... y muchos de ellos no son tan atractivos como tú. Deja de subestimarte. Creo que no has conseguido trabajo porque intimidas a las mujeres que te entrevistan.

Ignoré el comentario. Yo simplemente no veía en el espejo lo que otros veían en mí. Nunca lo hice, nunca lo haría. —De hecho pensé en trabajar como camarera. Tengo alguna experiencia, aunque ninguna en restaurantes lujosos, más que nada sirviendo pizzas y cervezas para poder sobrevivir en la universidad.

Lisa extendió las manos. —Lo que ganaste en Pat's es experiencia. Quien te contrate te prepararía para atender a sus clientes como ellos esperan. Piénsalo. Te daría el dinero que necesitas y te permitiría buscar trabajo durante el día. Si esta entrevista no funciona, esa sería la solución.

Tenía razón. —Discúlpame, perdí los papeles hace un momento.

—No tienes que disculparte, fue divertido—. Su rostro se suavizó y me miró con preocupación. —Me gustaría que no estuvieras pasando por todo esto. Sé que ha sido difícil, te he visto trabajar duro para encontrar algo. Llegará en algún momento, pero estoy tan frustrada como tú de que no haya pasado ya. Te mereces un buen trabajo.

—Somos un equipo— dije. —Siempre lo hemos sido.

—Desde la escuela, en quinto.

—¿Cómo va el libro?

—A decir verdad, estoy trabajando intensamente. En este, los zombis son feroces. Creo que tendré el primer borrador al final de esta semana y después es más que todo edición, lo cual es bueno, porque editar es la mejor parte. Desmenuzas las palabras, las vuelves a armar, lees y relees, le das al libro su mejor forma y lo sacas.

—¿Cuándo lo puedo leer?

—El día que lo termine. Tú eres una excelente correctora—. Abrió los ojos. —¿Y? Esta ciudad está llena de editores. ¿Has considerado esa opción?

—Tengo un título en negocios. Y ellos quieren a alguien licenciado en inglés, y de Harvard.

—Yo no lo descartaría. Tú puedes hacer lo que sea, siempre te lo he dicho.

—Eres única, te adoro.

—Yo también te quiero. Esto va a mejorar.

—Eso espero. Estamos apenas en la primera semana de agosto y esta es la séptima entrevista del mes.

—El siete de la suerte. Ahora ve y usa el secador. Ponlo en frío, sécate la cara con una toalla limpia y refréscate. Te voy a dar dinero para un taxi y no acepto un no como respuesta. De verdad. No comiences de nuevo. Necesitamos aire acondicionado. Si este libro arranca, compro uno para el apartamento.

Si este nuevo libro arranca me temo que te voy a perder, lo cual es un motivo más para encontrar trabajo.

—Bueno— dije, —pero me dejas devolverte el dinero cuando tenga trabajo.

—Bien. Como quieras. Ahora, lárgate. Tu cita es en noventa minutos. El tráfico puede estar denso.

CAPÍTULO DOS

Con el maletín en la mano, salí de nuestro lamentable apartamento en la Calle 10 Este y caminé bajo el sol abrasador. Menos mal, al menos había brisa, lo que era raro en estos días. Durante el último mes, Manhattan había sido como una sauna irrespirable, con un idiota echándole agua a las brasas para mantener el aire húmedo.

Miré calle abajo en busca de un taxi y, para mi sorpresa, no tuve que esperar mucho tiempo antes de encontrar uno. Estiré la mano, el taxista me vio, se acercó a la acera y me subí al asiento trasero aliviada al encontrar el aire acondicionado prendido al máximo. Me acomodé de tal manera que el aire fresco me llegara y respiré. ¡Era maravilloso!

—A la Quinta con la Calle 48— le dije a la taxista, una mujer mayor con una mata de pelo rojo muy corto. —Al edificio de Wenn Enterprises, o lo más cerca que pueda dejarme por veinte dólares.

La mujer me miró por el espejo retrovisor levantando una ceja. —Haré lo que pueda, usted sabe cómo se pone esto durante la hora del almuerzo.

—Lo que pueda hacer se lo agradezco. Y por favor acuérdese de que esto incluye la propina. Desafortunadamente, cinco dólares es todo lo que le puedo dar.

—No se preocupe por la propina— dijo la mujer. —Un joven muy amable me dejó veinte dólares de propina por un trayecto de cinco. Sacaremos la suya de ahí.

Encontré sus ojos en el espejo. A veces esta ciudad me sorprendía con su amabilidad. —Muchas gracias.

—Solo continúo la cadena de favores, querida. Ahora le toca a usted hacer lo mismo por otra persona hoy. ¿De acuerdo?

—Trato hecho.

Esa es otra de las razones por la cual me encanta estar aquí. Ahora, si tan solo pudiera quedarme. Necesito conseguir ese trabajo.

La conductora giró a la izquierda después del First Republic Bank y Jerri's Cleaners y comenzamos a subir por la Sexta Avenida. Mantuve mi mirada fija en el taxímetro y vi cómo se iba consumiendo con rapidez el dinero que Lisa me dio antes de salir. Ya iban ocho dólares y seguía el conteo. Con este tráfico, tendría suerte si llegaba a la Sexta con la Calle 40. Ni hablar de llegar a la Quinta con la 40.

Y tenía razón. Cuando llegamos a la Calle 38, mis veinte dólares ya se habían consumido.

—Así está bien— dije. —Puedo caminar desde acá.

—¿Regresa al trabajo?

—Ya quisiera tener uno. Voy para una entrevista. Creo que debe ser la número cien en los últimos meses.

—Con su pinta, pensaría que la contratarían en un minuto.

Antes de que pudiera pretender ignorar el cumplido, la mujer presionó un botón. El recibo comenzó a imprimirse y se paró el taxímetro. —Una no puede presentarse hecha un desastre ¿verdad? Nadie va a contratar a una fregona. No se preocupe. Los viajes a esta zona siempre compensan. Recuperaré la pérdida.

—Es usted es muy amable.

—Solo sigo la cadena de favores. Yo sé lo que es tratar de encontrar trabajo en esta desastrosa economía. Yo sigo luchando por sobrevivir en ella. Sospecho que no es de aquí

—Soy de Maine. Me mudé aquí en mayo.

—¿Sin un trabajo?

—Solo una más de las muchas cosas estúpidas que he hecho en mi vida. Esto tiene tanto que ofrecer que pensé que sería fácil encontrar trabajo. Bueno, por lo menos más fácil que en Maine, donde no hay nada.

—En Nueva York nada es fácil, querida. Pero siga la cadena de favores. Cada día sea amable con alguien. Ya verá. Las cosas cambiarán de rumbo para usted. Cambiaron para mí.

Cuando paramos al frente de Wenn Enterprises, un rascacielos moderno, resplandeciente, que parecía capturar la luz del sol y lanzarla de nuevo besando el cielo, la mujer ajustó el espejo retrovisor para que me pudiera ver en él. —¿Tiene una polvera?

—Si—dije. Bajé la cabeza y vi por qué lo decía. A pesar del aire acondicionado mi cara tenía el brillo del sudor. Abrí mi maletín al lado derecho y saqué la polvera.

—Yo me daría un toque.

—Estoy en ello.

—Debajo de los ojos.

—Los ojos.

—No se le olvide el cuello.

—El cuello.

—Ahora, a por todas con esa entrevista.

—Usted debe tener unos hijos muy afortunados.

—Yo soy la afortunada— dijo la mujer cogiendo el billete de veinte que le extendí.

—Es lo que me digo todos los días.

CAPÍTULO TRES

Una vez en el *lobby*, que parecía un hormiguero con gente entrando y saliendo del ascensor y cruzándose en frente de mí, me acerqué a la recepción. Estaba tan nerviosa que oía mis tacones como golpes de tambor contra el piso de mármol.

Un hombre levantó los ojos para mirarme.

—Soy Jennifer Kent— dije. —Tengo una entrevista con Bárbara Blackwell.

—¿La señora Blackwell?

—Lo siento. Sí, la señora Blackwell.

Escribió algo en su ordenador, leyó la pantalla, tomó el teléfono que tenía al lado e hizo una llamada. —Jennifer Kent para la señora Blackwell. ¿La mando para arriba? Sé que ha llegado temprano, pero de todas formas aquí está. Gracias.

Colgó el teléfono e hizo un gesto indicando hacia el ascensor. —Piso cincuenta y uno. Vaya a la derecha cuando se abra la puerta. Encontrará una sala de espera a su izquierda. Llegó temprano. Espere ahí un poco y la asistente de la señora Blackwell vendrá a buscarla.

—Gracias —dije. —Lo siento por haber llegado temprano.

—Mejor que tarde— dijo él.

* * *

CUANDO LAS PUERTAS se abrieron, me llené de valor y entré en el vestíbulo. Vi la sala de espera, fui hasta allá y estaba llena. No había dónde sentarse. Catorce caras se levantaron para mirarme, me recorrieron con los ojos. Un hombre gordo, embutido en un traje gris donde a duras penas cabía, me sonrió sugestivamente.

—¿Me permite? —dijo alguien mientras me rozaban al pasar por el estrecho pasillo.

—Lo siento.

—Bien, bien.

¡De nada!

—¿Julie Hopwood?

Me giré y vi una mujer de mediana edad de pie a mi lado.

—No. Yo soy Jennifer...

—Soy Julie Hopwood —dijo una belleza morena que estaba sentada al lado del gordo. Era elegante y cuando se puso de pie, pensé que se veía espectacular con aquel traje azul oscuro.

—¿Está aquí para el trabajo de secretaria?

—Creo que todos estamos para lo mismo— dijo ella.

La mujer la miró con una sonrisa forzada. —Por acá. La señora Blackwell la recibirá ahora mismo.

—Gracias.

Cuando pasó delante de mí, dijo: —Tengo que conseguirlo.

¿De verdad?

Le eché un vistazo al gordo que me miraba fijamente con los labios entreabiertos. *¿Por qué me mira como si yo fuera un chuletón de ternera?* No podía quedarme en la puerta, por supuesto. Fui a la silla que quedó libre a su lado y me senté. Puse el maletín sobre mi regazo y noté que el hombre había vuelto la cara para mirarme. No quería entablar una conversación con él, así que lo ignoré, abrí mi portafolio y pretendí que estaba buscando algo hasta que por fin él miró para otro lado.

Quince minutos más tarde vi a Julie Hopwood que atravesaba la sala de espera con una sonrisa de satisfacción en su rostro. Después, la mujer mayor que la había acompañado antes preguntó por Jennifer Kent.

—Soy yo— dije mientras me levantaba.

—La señora Blackwell la atenderá inmediatamente.

—Gracias.

—Buena suerte— dijo el gordo.

Levanté la mano como respuesta y fui donde la mujer, quien me guió por un largo corredor hasta la puerta abierta de una oficina que hacía esquina. Adentro vi una mujer con una expresión seria, con un elegante traje negro, sentada en un gran escritorio, con el horizonte de Manhattan a sus espaldas reflejando la luz del sol. Estaba hablando por teléfono pero me indicó con la mano que siguiera adelante y me sentara en una silla enfrente de ella y articuló, sin decir palabra, que le diera mi *currículum vítae.*

Abrí mi maletín y saqué una copia para ella.

—No, no— dijo la mujer por el teléfono, mientras cogía mi currículo. —Así no es cómo funcionan las cosas, y tú lo sabes, Charles. Habla con mi abogado. No me llames de nuevo. Y... ¿te puedo dar un consejo? Simplemente firma el maldito papel, así cada uno puede seguir adelante con su vida. Hace meses que lo presenté. Estoy cansada de todo esto. Te quiero sacar ya de mi vida. Y tus hijos también. ¡Por Dios!

Sin agregar nada más, colgó el teléfono, miró mi currículo y me miró a mí con la rabia reflejada claramente en su rostro. —Señorita Kent— dijo. —¿Cómo está?

—Bien, señora Blackwell. Gracias por recibirme.

—No tiene por qué agradecerme. Es mi trabajo. Durante todo el día. A veces los fines de semana—. Le echó un vistazo a mi currículo. —¿Es de Maine?

—Sí, así es.

—¿Y se graduó en mayo?

—Con una maestría, sí.

—¿En negocios?

—Así es.

Me miro. —¿Por qué está interesada en un trabajo de secretaria teniendo una maestría en negocios?

Traté de mantener mi compostura. —Estoy aquí desde mayo y ha sido difícil encontrar trabajo.

—Está enterada de que la economía está en el hoyo, ¿no?

—Lo sé. Solo pensé que aquí habría más oportunidades que en Maine.

—Eso es lo que la trae aquí hoy.

—Así es.

—Yo lo veo así. Usted quiere contestar el teléfono hasta que encuentre un mejor trabajo. ¿Para qué perder mi tiempo en esto? Esto solo significa tener que reemplazarla tarde o temprano.

Sentí que me ruborizaba. —Realmente pensé que sería una buena manera de poner un pie adentro. Yo estaba esperando que si trabajaba lo suficientemente duro en Wenn, alguien vería algo en mí y esto me abriría otras oportunidades.

—¿Así es? ¿Y cuánto tiempo nos da para que esto pase? ¿Unas pocas semanas? ¿Un par de meses? ¿Hasta que encuentre trabajo en otra parte?

—Si el salario es decente, esperaría hasta que hubiese una buena vacante.

—Bueno, muy amable de su parte.

—Señora Blackwell, yo soy una buena trabajadora. Solo necesito una oportunidad. Si no encuentro un trabajo pronto, tendré que regresar a Maine y abandonar mis sueños aquí.

—¿Y ese es problema mío?—. Tiró el currículo sobre el escritorio. —Mire, señorita Kent. No estoy buscando contratar a alguien por poco tiempo. Estoy buscando a alguien que se quede en este puesto por un tiempo prologado, así no me toca estar llenándolo de nuevo en un año. ¿Me entiende? Usted ya no está en Maine. Está en Nueva York. Es una ciudad grande con mucha gente como usted buscando trabajo. Ahórreme los histrionismos de "solo necesito una oportunidad". Eso ya está en todos los espectáculos de Broadway. Le sugiero que se compre una entrada para una matiné y que le saque el jugo.

¿Cuál era su problema? —¿Hice algo que la ofendió?

—Me ha hecho perder mi tiempo.

—Por lo visto, creo que llegué en medio de una discusión.

—¿Cree que llegó en medio de qué?

—Una discusión. Usted estaba discutiendo cuando yo entré. Ahora se está desquitando conmigo. Eso no es profesional. Yo no soy Charles y deje de actuar como si yo fuera él, por favor.

La mujer se echó hacia atrás en la silla, parecía divertida. —Bueno, escúcheme bien, Maine. Puede que usted tenga lo que se necesita para sobrevivir en una gran ciudad. ¡Tiene la boca muy grande!—. Se inclinó hacia adelante y un mechón de pelo negro cayó sobre su cara. —Pero no vamos a oírla aquí. ¡Que tenga muy buenos días!

Furiosa, me levanté. ¿De verdad? ¿Una entrevista de tres minutos? ¿Qué he hecho para merecerme esto? ¿Cuántas veces me iban a descartar en esta ciudad? Sentí otro arranque de ira y lo dirigí hacia esa bruja de Blackwell, así como ella lo hizo conmigo. —Que tenga un divorcio formidable. Por lo que veo, Charles se libró de una buena bruja.

—Querida, usted no tiene la menor idea. Y gracias por su *currículum vítae*. Me aseguraré de llamar a todos los reclutadores y prevenirlos contra usted.

—¿Entonces le gustaría otra demanda?

—¡Por favor! Por lo que me contó, usted no podría pagarla. Hasta luego, señorita Kent. Hasta luego y buena suerte. Ahora, váyase. Cierre la boca. La Blackwell está muerta para usted. Hasta nunca.

CAPÍTULO CUATRO

Alterada por el incidente, salí de la oficina de la mujer y caminé enceguecida por el pasillo hasta los ascensores. Docenas de hombres y mujeres caminaban hacia mí o se cruzaban en mi camino, todos ellos tenían trabajos. *¿Qué me pasa? ¿Por qué no puedo encontrar un trabajo y que me contraten? Se me está acabando el dinero. Si no encuentro algo pronto no sé qué voy a hacer.*

Sentí que las lágrimas brotaban de mis ojos, pero estaba perdida si comenzaba a llorar, y comencé a parpadear para enjugarlas.

Tú vales más que todo esto. Esto no es para ti. Fue su culpa. Escucha a Lisa. Piensa en trabajar en un restaurante. Eso puede dejarte el tiempo que necesitas para encontrar el trabajo que realmente quieres. Tienes experiencia. Necesitas el dinero. Concéntrate en eso.

Fui a uno de los ascensores y presioné el botón para bajar. A pesar del aire acondicionado me sentía más acalorada que en el apartamento. Me quedé esperando el ascensor y no pude evitar escuchar la voz de mi padre en mi cabeza.

No lo vas a lograr, lo sabes. No lo vas a lograr y vas a correr de regreso a casa. Bueno, pues este es el trato, niña. Puede que no te recibamos si no lo logras. Tu madre y yo puede que estemos bien sin ti. Piénsalo si te vas a ir.

Y fue en realidad esta conversación la que me convenció de largarme. Lisa y yo nos habíamos graduado la semana anterior. La llamé para contarle lo que mi padre me había dicho y al final de esa semana teníamos asegurado nuestro apartamento de mierda con un agente inmobiliario en Nueva York. Empacamos el Golf de Lisa, que tenía diez años, y que apodamos Gretta, y dejamos Maine y nuestras vidas pasadas atrás.

—Gretta nos va a sacar de aquí— dijo Lisa cuando tomamos la I-95 hacia el sur.

—Puede que esté vieja pero nunca me ha dejado tirada. Lo lograremos juntas. El libro está listo, la portada está estupenda. Solo falta una buena revisión tuya del texto antes de cargarlo en Amazon.

¿Quién sabe qué vaya a pasar? Puede que sea un éxito. Pero aunque no lo sea, nos tenemos la una a la otra, como siempre nos hemos tenido. Resolveremos esto juntas. No dejes que el borracho imbécil de tu padre estropee tus sueños. Y por favor, no dejes que se meta más en tu cabeza y te joda más de lo que ya lo ha hecho.

Más fácil decirlo que hacerlo. Las palabras de mi padre me perseguían tanto ahora como antes. Tal vez él vio a la verdadera Jennifer Kent. Tal vez me vio como lo que en realidad soy: un fracaso. Alguien que en una de las ciudades más grandes del mundo después de cuatro meses no ha logrado que la empleen en un maldito trabajo está muy mal.

Las puertas del ascensor se abrieron rápidamente y fue un alivio que estuviera desocupado. Entré, oprimí el botón para el lobby y me recosté contra la pared.

No voy a llorar.

Pero lo hice. Estaba furiosa, agobiada y sentía que no tenía otra alternativa que encontrar un trabajo en un restaurante fino. Esto, claro, significaba otra ronda de entrevistas porque necesitaba encontrar un buen restaurante que pagara bien. Me sentía desinflada ante la perspectiva de tener que empezar de nuevo. Comencé a llorar de nuevo de la frustración.

Para mi desgracia, justo cuando me había dejado llevar por las emociones, el ascensor redujo la velocidad al llegar al piso cuarenta y siete. Rápidamente me enjuagué las lágrimas. Estaba preocupada de que en el rímel se hubiera corrido. Bajé la cabeza cuando se abrió la puerta para que nadie pudiera ver en mi cara lo triste, furiosa y desesperada estaba.

Solo que no fui tan rápida. Por un instante, la mirada del hombre que se subió al ascensor se encontró con la mía. Me miró con cierta preocupación, vio que el botón para el lobby ya estaba oprimido y se paró a mi lado.

Las puertas se deslizaron para cerrarse. Un silencio incómodo se extendió entre nosotros.

Era guapísimo. Tenía que serlo. ¿Cómo no iba a serlo? ¿Es que acaso el mundo iba a dejar de reírse de mí justo ahora? Solo bastaba un vistazo para darse cuenta de lo guapo que era. Probablemente medía un metro ochenta y cinco, pelo oscuro brillante, echado hacia atrás, de una cara cincelada, salpicada por una barba de dos días, labios carnosos y ojos color de mar. Eran lo mejor de él: azules verdosos enmarcados por unas pestañas gruesas. Había visto un montón de hombres atractivos desde que llegué a Manhattan, a la mayoría los había ignorado pues necesitaba encontrar trabajo antes de pensar en salir con alguien. Pero este hombre sobrepasaba mis expectativas. Claro está, dada mi racha de buena suerte, estaba hecha un completo desastre cuando él me vio.

Sáquenme de aquí. Por favor, dejen que se mueva rápido el ascensor y llegue a la calle. Yo camino a casa con este calor. No me importa. Solo sáquenme de aquí.

—Perdona —dijo—. ¿Pero te encuentras bien?

Maldita sea. —Me temo que las alergias están haciendo de las suyas conmigo hoy. Me arden los ojos.

—¿Es eso?

Él lo sabe bien. Sabe que estoy mintiendo. ¿Pero, qué importa? Es un extraño. Según la señora Blackwell, nunca más los volveré a ver, ni a ella ni a él. ¿Por qué no crucificarla mientras tenga la ocasión? Puede que llegue a sus oídos.

—No, realmente no es cierto.

—¿Qué es?

—Vine aquí para un trabajo de secretaria. Tengo una maestría en negocios, estoy en Nueva York desde mayo y nada ha salido bien. No puedo encontrar trabajo. Aparentemente, según la señora Blackwell en el piso cincuenta y uno, que está tan disgustada con ese asqueroso divorcio que está atravesando que se desquitó conmigo, no sirvo para coger llamadas ni llevar un archivo. ¡Pero por Dios! Yo esperaba encontrar aquí una oportunidad y comenzar a abrirme camino, y finalmente hoy ha terminado siendo un día más de decepción. —Lo miré, vi lo que podría ser como una irritación en su rostro, y me sonrió—. Lamento haberme desahogado así.

—Fui yo él que preguntó. ¿Conociste a la señora Blackwell?

—Sí, pero ni te le acerques. Es el infierno en la Tierra. Me amenazó con contactar a los reclutadores que conoce en la ciudad y prevenirlos contra mí.

Frunció el ceño. Podía ver la rabia en sus ojos. —¿Por qué habría de hacerlo?

—Porque no podía entender por qué yo estaba interesada en un trabajo para el cual estoy más calificada de lo necesario. Dijo que le hice perder su tiempo. Intercambiamos unas palabras, no muy amables, pero ella no fue profesional. Lo tomó de forma personal. Como consecuencia, ahora estoy marcada para cualquier reclutador que trate de contactar.

—Pero, eso es una calumnia.

—Lo es, pero no puedo hacer nada al respecto. Estoy quebrada—. Respiré profundo y cambié de tema. Este hombre no solo estaba buenísimo, sino que parecía amable y sincero, como la taxista que me trajo. Adoro esta ciudad. Pero, ¿y ahora? ¿Por culpa de Blackwell se podría ir al diablo?

Me quité la pinza que sujetaba mi pelo manteniéndolo apartado de la cara, lo solté y cayó sobre mis hombros en suaves ondas castañas, libre.

—¿Qué tal aquí?— le pregunté. —Supongo que eres un empleado. ¿Me estoy perdiendo algo grandioso? A pesar de esa maldita bruja allí arriba, siento que sí.

Él me estaba mirando el pelo, pero luego pareció como que se estaba examinando él mismo y se encontró con mis ojos. —Trabajar aquí no estaba exactamente entre mis planes, pero aquí estoy. Está bien. Me mantiene ocupado, que es lo importante.

—¿Qué haces?

—Solo asuntos de negocios. Pero no quiero aburrirte con eso.

—Me encanta que me aburran con "solo asuntos de negocios".

Me fijé en su traje costoso y su elegante reloj en la muñeca, y pensé que, seguramente, era un director cuyo trabajo era intenso. Miré rápidamente su cara y vi que me miraba atentamente y no pude ocultar mi atracción por él. ¿Cuántos años tenía? ¿Treinta? ¿Sería soltero? Con esa pinta, no había forma de que fuera soltero. A menos de que él lo prefiriera así. No era que importara. Él estaba en una liga completamente diferente a la mía, solo el precio del reloj probablemente pagaría por mi apartamento durante el próximo año, así que cuando el ascensor comenzó a detenerse, sentí un alivio. Yo únicamente quería llegar a casa.

—¿Cómo te llamas? —preguntó.

Por muy apuesto que fuera, yo nunca le daba mi nombre completo a nadie. —Jennifer— dije. Yo no quería saber el suyo, entonces no pregunté.

Pero él me lo dio de todas formas.

—Alex.

Extendió la mano y yo la apreté mientras el ascensor paraba y las puertas se abrían.

—Encantada de conocerte— dije, consciente del estremeciendo que sentí cuando nos tocamos. La palma de su mano era suave y excepcionalmente cálida. —De nuevo, lamento haberme desahogado.

—Parece que tienes toda la razón para hacerlo.

¿Sería este tipo real? Una parte de mí no quería irse, pero lo hice. Tenía que ir a casa y comenzar a buscar un trabajo de camarera. No tenía tiempo para hombres, ni siquiera para uno como este.

—Qué te vaya bien— dijo.

Salimos del ascensor a la vez. Apresuré mi paso para ir delante de él, pero podía sentirlo detrás de mí. Podía oír sus pasos. Podía sentir sus ojos sobre mí. Con mi maletín en la mano derecha, recorrí con la izquierda mi vestido para asegurarme de que no se arrugaba cuando caminaba. Estiré la chaqueta hacia abajo, me peiné el pelo con los dedos y lo sacudí. Empujé la puerta para abrirla y esperé a que él la agarrará detrás de mí. No lo hizo. Cuando me volví para ver dónde estaba, lo vi parado con las manos en los bolsillos. Me estaba sonriendo.

Le sonreí, y luego, para mi espanto, choqué con alguien en el andén.

Mi maletín salió volando de mi mano y cayó al piso con tal fuerza que se abrió. Con el viento, las copias de mi currículo, que guardaba en caso de necesitarlas, salieron volando por la Quinta hacia abajo. El hombre con el que me tropecé me dijo que mirara por dónde iba, y se fue molesto.

—Jesús— me dije. Y comencé a recoger cuanto currículo podía. Vale un poco de dinero mandarlos imprimir en buen papel. Dinero que no tengo para mandarlos imprimir de nuevo. Los necesitaré para cuando empiecen las entrevistas en los restaurantes. —No puedo creerlo— dije.

La puerta se abrió detrás de mí. —Nunca podremos recogerlos todos— escuché que decía. —Pero podemos recuperar algunas. Aquí. Déjame ayudarte.

Para mi sorpresa, salió corriendo por la Quinta abajo, entremezclándose con la muchedumbre y recogió cuanto currículo estuviera a su alcance. Cuando terminó, lo vi subir por la avenida con varios en la mano. En su rostro había un brillo de sudor. Hacía un calor del demonio afuera, pero él era capaz de hacer sentir ese calor como un témpano de hielo. Lo vi como un Dios. No recuerdo haberme sentido nunca tan atraída físicamente por un hombre. A decir verdad, nunca me había sentido así antes. Generalmente descartaba a los hombres.

—¿Estás bien?— preguntó.

—Sí, estoy bien— dije. —Apenada pero bien. Muchas gracias—. Tomé las copias del currículo. —No tenías que haberte molestado.

—Aparentemente la persona con la que te tropezaste no iba a ayudarte. Fue realmente un accidente. A veces no entiendo por qué la gente tiene que ser tan grosera.

—Este día se tiene que terminar pronto— dije. —Gracias de nuevo. Te lo agradezco, Alex—. Sintiéndome como una idiota cerré mi maletín, me despedí rápidamente y con torpeza y me fui a pesar de sentir que él estaba a punto de decirme algo cuando me había vuelto para mirarlo.

OTROS LIBROS DE CHRISTINA ROSS

Jennifer y Alex:

Aniquílame: Volumen 1
Aniquílame: Volumen 2
Aniquílame: Volumen 3
Aniquílame: Volumen 4
Aniquílame: Volumen 5 (Navidad)

Lisa y Tank:

Desátame: Volumen 1
Desátame: Volumen 2
Desátame: Volumen 3

Jennifer y Alex:

Aniquílalo: Volumen 1
Aniquílalo: Volumen 2
Aniquílalo: Volumen 3
Aniquílalo: Navidad

ESTA HISTORIA SE DESARROLLA a lo largo de tres novelas. Cada una de ellas es un episodio en la historia de las relaciones entre Lisa y Tank.

Sigue la serie *Desátame* con el volumen 2. Disponible ahora para la venta.

Les estaré profundamente agradecida si hacen una reseña crítica de esta novela en Amazon. Estas reseñas son esenciales para todo escritor.

Gracias.

Christina